INGE GAMPL

ÜBERRUMPELT

Miguel Herz-Kestranek gewidmet,
durch den ich auf die Idee kam,
Sofie, Agnes und *John*
zu erfinden.

INGE GAMPL

ÜBERRUMPELT

ROMAN

ibera verlag, wien

Ich danke meinen Töchtern RUTHI und MONI
für mehr als ich sagen kann.

Erich WEJROWSKY
hat mir wertvolle Ratschläge gegeben.

H i n w e i s e:
Wie in all meinen Romanen sind auch in diesem
sämtliche Personen frei erfunden.
Personenverzeichnis siehe siehe Seite 172

Die Deutsche Bibliothek – CIP-Einheitsaufnahme
Gampl, Inge:
Überrumpelt:
Roman / Inge Gampl.
1. Aufl. Wien: Ibera-Verl., 2005
ISBN 3-85052-204-0

1. Auflage

Umschlagbild: Peter Newrkla
Druck:
ISBN 3-85052-204-0

www.ibera.at

Geld macht nicht glücklich.
Aber es kann Unglück lindern –
Gott sei Dank!

Wilhelm Busch

1.

Am dritten Mittwoch im Oktober 2003 wurde eine fundamentale Wende im Leben des Kriminalmajors Klaus Mertens eingeleitet, der bald seinen 46. Geburtstag haben würde. Sein buschiger Schnurrbart, die buschigen Augenbrauen und das Haar an den Schläfen wiesen vereinzelte Silberfäden auf, und die senkrechten Furchen an der Nasenwurzel hatten sich in den letzten zwei Jahren etwas tiefer eingegraben. Aber das tat der Attraktivität des fast ein Meter achtzig großen, schlanken Mannes keinen Abbruch, sondern erhöhte sie sogar.

Mertens war vom Büro in die nahe gelegene Liechtensteinstraße gegangen, um aus seiner Wohnung die Post dieses Tages zu holen, bevor er zu Ilona Bergmann, der erfolgreichen Schriftstellerin fuhr. Die beiden wollten am Samstag heiraten. Dann würde er ganz zu Ilona übersiedeln, weshalb Mertens' Wohnung schon ziemlich ausgeräumt war.

In der Küche schenkte sich Mertens etwas Irish Whiskey ein. Da kam der Anruf von Dr. Georg Gradmeister. Mertens kannte den jungen, erfolgreichen Rechtsanwalt seit Anfang des Monats, als Gradmeisters Seniorpartner ermordet worden war. Gradmeister begann:

„Herr Major, ich soll Sie dringend zu Ihrer Tante bitten."

„Ich habe keine Tante. Meine Eltern waren Einzelkinder."

„Die Dame ist eine Cousine Ihrer Mutter. Sie heißt Sofie Mayersberg."

„Na so was! Das ist allerdings richtig: Ihr Vater und der Vater meiner Mutter waren Brüder. Aber ich habe nie jemand von der mütterlichen Verwandtschaft kennen gelernt. Die haben nämlich meinen Vater als nicht standesgemäß abgelehnt und jeden Kontakt mit uns verweigert."

„Die alte Dame will das wiedergutmachen, quasi. Obwohl verlorene Jahrzehnte natürlich verloren bleiben."

„Sie sagen es! Außerdem – weiß sie nicht, daß meine Eltern tot sind?"

„Doch. Und besonders deswegen liegt ihr riesig viel daran, mit Ihnen zu sprechen."

„Ich heirate in drei Tagen. Wenn ich von der Hochzeitsreise zurück bin, werde ich mich bei ihr melden. Falls Sie mir verraten, wo."

„Sie wohnt im Gebäudekomplex des Palais Schwarzenberg, Rennweg 2. Aber bitte, Herr Major, wenn es irgend möglich ist, gehen Sie noch heute oder morgen zu ihr. Sie ist sehr krank."

„Nie hat sie sich um uns gekümmert. Was will sie jetzt auf einmal?"

„Sie will Sie adoptieren, Herr Major, um die Erbschaftssteuer möglichst gering zu halten."

Mertens, dessen gutes Gehör ihn noch nie im Stich gelassen hatte, glaubte an einen Irrtum des Anwalts, fragte aber trotzdem:

„Welche Erbschaftssteuer?"

„Die Sie werden zahlen müssen."

Mertens' Überzeugung von des Anwalts Irrtum wuchs und er sagte fast empört:

„Wieso ich?"

„Weil Frau Mayersberg weder Mann noch Kinder hat und Sie als letzter Blutsverwandter ihr einziger gesetzlicher Erbe sind."

Jetzt verschlug es dem Kriminalmajor zunächst die Rede. Dann wollte er wissen:

„Und wenn ich die Erbschaft ausschlage?"

Dr. Gradmeisters eilige Antwort lautete:

„Dann fällt ein riesiges Vermögen an den Staat. Das wäre doch zu schade, oder?"

Mertens atmete tief durch, ehe er einräumte:

„Da haben Sie recht. Also muß ich mir die Sache wohl überlegen."

Erleichtert kam es von dem Anwalt:

„Ja bitte, tun Sie das. Ich faxe Ihnen gleich den Adoptionsvertrag."

„Aber ich muß wenigstens einmal darüber schlafen. Morgen sage ich Ihnen Bescheid."

„Bitte ja, vielen Dank. Auf Wiederhören."

Mertens nahm das Whiskeyglas, setzte sich ins Wohnzimmer und dachte intensiv nach.

Die spontane Aversion, Erbe einer Frau zu werden, die sich an der Boykottierung seines Vaters beteiligt hatte und auch nach dessen Tod nicht bereit gewesen war, sich mit Mertens' Mutter Hedwig zu versöhnen, hielt eine ganze Weile an.

Zu tief war ihm in Erinnerung, wie seine Mutter darunter gelitten hatte. Da Hedwigs eigene Mutter bei Hedwigs Geburt gestorben war, wuchs sie als Halbwaise auf. Und dann wurde ihre Liebesheirat vom Vater mit Verstoßung und Enterbung bestraft. So mußte Mertens während seines

Jus-Studiums Halbtagsbeschäftigungen annehmen, bis ihn der frühe Tod seines Vaters in einen Ganztagsjob zwang, noch ehe er das Studium beenden konnte. Schweren Herzens hatte Hedwig damals ihren Vater, Mertens' Großvater Franz Mayersberg, um finanzielle Hilfe gebeten. Aber der ließ sich nicht dazu bewegen.

Nicht nur das, nein, dieser Großvater brachte sein gesamtes Vermögen in eine Stiftung ein, deren Begünstigte nach ihm ausschließlich die Nachkommen seines Bruders Ferdinand Mayersberg sein sollten. So war Mertens' Mutter nicht einmal ein Pflichtteilanspruch geblieben.

Als Mertens darüber nachdachte, realisierte er zugleich, daß er als Erbe von Sofie Mayersberg immerhin mittelbar auch Nutznießer des Vermögens wäre, das der Stiftung übertragen und so seiner Mutter vorenthalten worden war. Des Vermögens also, das er andernfalls längst von ihr geerbt hätte.

An diesem Punkte angelangt, ließen Mertens' Skrupel nach. Und er machte sich klar, daß seine Mutter ihm ganz bestimmt zugeredet hätte, sich von ihrer Cousine Sofie adoptieren zu lassen und künftig den Ertrag des Familienvermögens zu erlangen.

Ja, seine Mutter hätte es überglücklich gemacht, ihn zuletzt doch noch als den gutsituierten Mann zu sehen, der er nur deswegen nicht schon längst war, weil sie gegen den Willen ihres Vaters geheiratet hatte.

Aber, wie gesagt, einmal wollte Mertens darüber schlafen, bevor er einen Schritt von so großer Tragweite tat.

Einmal darüber schlafen. Und zwar allein. Denn sicher hätte auch Ilona ihm dazu geraten, das Angebot anzunehmen. Jeder vernünftige Mensch täte das. Doch Mertens wünschte, die Entscheidung selbst und völlig unbeeinflußt zu treffen. Deshalb rief er Ilona an:

„Mein Liebes, ich komme heute nicht zu dir. Es ist etwas ganz Wichtiges dazwischen gekommen."

„Hoffentlich nichts Schlimmes."

„Eigentlich ist alles schlimm, was mich von dir abhält."

„Das ist schön zu hören. Dann also alles Gute, Kläuschen, viel Erfolg! Bis morgen, hoffentlich."

„Danke für dein Verständnis! Bis morgen. Schlaf gut!"

2.

Am nächsten Morgen rief Mertens Dr. Gradmeister an, und dieser arrangierte für 11 Uhr 30 einen gemeinsamen Besuch bei Sofie Mayersberg.

An diesem selben Donnerstag, wie bereits seit Wochen, waren Ilona Bergmann und ihre Wirtschafterin Dorothea damit beschäftigt, die ursprünglich über achtzig Kisten und Kartons auszupacken, die teils aus Ilonas Villa in der Andergasse, teils aus Mertens' Wohnung hierher übersiedelt worden waren.

Hierher, das hieß: in Ilonas Eigentums-Penthouse-Maisonette Prandaugasse 5. Und Auspacken bedeutete natürlich auch anschließendes Einräumen oder Aufstellen. Was – von Zusammengehörigem abgesehen – Stück für Stück genauer Überlegung Ilonas bedurfte. Die freilich schon das Einpacken durch die Spediteure so geplant und vorbereitet hatte, daß nun alles ohne Chaos ablaufen konnte.

„Ich bin sehr traurig, Dorothea, daß du uns schon bald nach der Hochzeit verläßt."

Ilona und Dorothea waren per Du, seit sie einander kannten: bei ihrer Adoption durch Annette Bergmann war Ilona zwölf Jahre alt, und schon damals war Dorothea, jetzt 64, im Haus. Dorothea hatte alles miterlebt: wie Ilona vom hübschen, aber schüchternen Teenager zur attraktiven, selbstbewußten jungen Frau wurde, Ilonas schriftstellerische Erfolge, ihre Enttäuschungen mit Männern, die Ermordung von Annette Bergmanns Ehemann auf dessen Geburtstags-Gartenparty, bei der Kriminalmajor

Klaus Mertens erstmals Gast in der Andergasse war, Annette Bergmanns Tod, Mertens' – lange vergebliches – Werben um Ilona, dann seine Wochenend-über-Nacht-Besuche in der Andergasse, die Festsetzung des Hochzeitstermins und schließlich diese Übersiedlung.

So lautete Dorotheas Antwort:

„Mir tut's ja auch leid, daß ich meiner Nichte versprochen hab', zu ihr nach Spannberg zu ziehen, um ihre kleinen Kinder zu hüten, wenn ich in Pension gehe. Damit sie ihren Job zurückbekommt. Wenn das nicht wär', würde ich bei dir bleiben, bis ich nicht mehr kriechen kann."

„Danke, Dorothea, ich weiß."

Gerührt umarmte und küßte Ilona die aufopfernd treue, zuverlässige Helferin, die im Laufe der Jahre nicht nur grauhaarig, sondern auch etwas rundlich geworden war, aber flink und freudig arbeitete wie eh und je.

Von Ilona wieder losgelassen, sagte Dorothea ein wenig verlegen:

„Ich hätte einen großen Wunsch für dich ..."

Dorothea brach ab.

„Welchen Wunsch?"

„Ja, also ... ich wünsche dir, daß du es nie bereust, ... nun ja, ... daß du die Bergmann-Villa verkauft hast!"

Energisch schüttelte Ilona ihren dunkelblonden Wuschelkopf und sagte mit Nachdruck:

„Das bereue ich bestimmt nicht! Ich will meinem Kläuschen einfach nicht zumuten, in der Früh immer eine Dreiviertelstunde unterwegs zu sein. Von hier aus ist er mit der U-Bahn in knapp 15 Minuten im Büro."

Sanft erkundigte sich Dorothea:

„Weiß denn der liebe Herr Kriminalmajor das überhaupt zu schätzen?“

„O doch!“, versicherte Ilona eifrig. „Hab’ ich dir nicht erzählt, wie ihn meine Überraschung entsetzt hat? Daß er das Opfer gar nicht annehmen wollte? Und daß er sogar versucht hat, die Sache rückgängig zu machen? Ach nein, da bist du ja auf Urlaub gewesen.“

„Hauptsache, er hat es kapiert, was du für ihn aufgegeben hast“, bekräftigte Dorothea. „Deine gewohnte Umgebung, den schönen Garten …“

„Was ist denn schon dabei?“, unterbrach Ilona. „Wenn ich in Wien bin, sitze ich doch sowieso den ganzen Tag an meinem Notebook beim Schreiben. Und wenn ich dann hochblicke, sehe ich hier genauso ins Grüne wie in der Andergasse. Außerdem muß ich zum gemeinsamen Frühstück nicht so früh aufstehen wie dort.“

„Stimmt“, gab Dorothea zu. Und einigermaßen beruhigt fügte sie an: „Es ist wunderbar, wie du an allem immer die positive Seite entdeckst!“

„Ja, dafür bin ich meinem Schöpfer auch sehr dankbar. Und dann ist mir durch die Sache doch jetzt auch noch der Auftrag des XY-Verlages in den Schoß gefallen!“

Es läutete an der Haustür. Über die Gegensprechanlage meldete sich Charlotte Suttenberg. Die vorigen Monat 71 Jahre gewordene Dame war eine Freundin Annette Bergmanns gewesen. Nach deren Tod wurde sie quasi Ilonas Ersatzmutter. Sie kam auch heute wieder, um Ilona und Dorothea zu helfen. Ilona begrüßte sie herzlich:

„Vielen Dank, daß du immer deine Zeit opferst! Und pünktlich bist du, wie funkgesteuert!“

Ilona führte Charlotte zu der gerade in Arbeit befindlichen Kiste, und sofort packte Charlotte zu. Sie war mittelgroß, vollschlank, sehr gepflegt und schlicht-elegant gekleidet. Immer trug sie eine dreireihige Naturperlenkette – „mein Kropfband“, wie sie dazu sagte –, und an der linken Hand, „damit der nicht im Safe verschimmelt“, einen Zwei-Karat-Solitärring.

„Wenn ich elf sage, komme ich auch um elf! Leider kann ich diesmal nur zwei Stunden bleiben.“

„Ich bin sicher, daß wir heute sowieso fertig werden, Tante Charlotte. Nicht in zwei Stunden, aber auf alle Fälle bis zum Abendessen. Hast du etwas Schönes vor am Nachmittag?“

„Ich habe mich in Perchtoldsdorf angesagt.“

Charlotte hatte von ihrem Mann eine Zweifamilienvilla am Schießgrabensteig in Perchtoldsdorf geerbt. Sie nutzte ihre Wohnung dort im Obergeschoß aber nur noch zur Aufbewahrung der Möbel, Schriften, Bücher, Ordner, Souvenirs und sonstiger Gegenstände, die sie bis zu ihrem Tod behalten wollte, ohne ihre Wiener Wohnung damit vollzustopfen.

Erdgeschoß und Garten waren vermietet, sodaß die Liegenschaft ständig betreut war. Der jetzige Mieter, Rudi Manhart, war Sport-Chefredakteur. Ihn hatte vor acht Jahren sein Chef, der Zeitungs-Tycoon Max Wimmer vermittelt. Dieser war seit Kindheitstagen ein Freund von Charlottes Neffen Friedrich Kersten und war deshalb auch ihr seit langem persönlich gut bekannt. Während Ilona all dies durch den Kopf schoß, fügte Charlotte hinzu:

„Heute will ich endlich dein Hochzeitsgeschenk holen, du weißt ja …“

Es handelte sich um eine Nachbildung jener goldenen, teilweise mit Email verzierten Saliera von Benvenuto Cellini, die aus dem Wiener Kunsthistorischen Museum gestohlen worden ist. Es war aber keine jener Kopien, die man nach dem Verschwinden des Originals plötzlich bei einem Wiener Silberschmied bestellen konnte. Nein, Charlottes Vater hatte das Stück vor vierunddreißig Jahren zu Charlottes Hochzeit in Gold anfertigen lassen.

„Willst du dich wirklich davon trennen?“

Charlotte war kinderlos. Von den Neffen ihres verstorbenen Mannes hatte sie vor allem mit dem schon genannten Friedrich Kersten Kontakt, einem selbst ziemlich vermögenden Kunst- und Antiquitätenhändler, der sich beruflich viel im Ausland aufhielt. Mit Ilona Bergmann hingegen war sie nun schon seit Jahren innig mütterlich befreundet. Weshalb Charlotte antwortete:

„Natürlich! Seit langem wartet das Stück darauf, in deine Hände zu kommen. Ich habe es extra nicht mehr benützt, sondern im Safe in Perchtoldsdorf verwahrt, damit es mir in Wien kein kaufwütiger Kunstliebhaber abschwatzt. Genug davon! Wie geht es dir mit deinem nächsten Roman?“

„Dank der Nachfrage! Teils gut, teils schlecht.“

„Möchtest du darüber reden?“, fragte Charlotte, die sich niemals aufdrängte, aber immer gerne zur Verfügung stand, wenn Ilona ihr Herz ausschütten wollte oder einen Rat brauchte – was beides eher selten zutraf. Diesmal antwortete Ilona:

„Gerne. Nach dem Plan – du weißt, ich mache immer ein *Handlungsgerüst* – bin ich etwa bei der Hälfte. Und nun muß ich vielleicht unterbrechen."

„Vielleicht? Bei der Hochzeitsreise unterbrichst du doch ganz bestimmt, oder nicht?"

„Natürlich unterbreche ich da", sagte Ilona mit dem schelmischen Lächeln, das Mertens so an ihr liebte. „Es geht aber um etwas anderes: Ich soll für den XY-Verlag schreiben."

„Für den berühmten XY-Verlag? Das ist ja fabelhaft! Gratuliere! Wie ist es denn dazu gekommen?", fragte Charlotte höchst interessiert.

„Der Mann, der meine Villa gekauft hat, Harro Langstein, ist Mehrheitseigentümer und Generaldirektor."

„Was für ein Zufall! Wieso ist er nicht schon früher auf dich gekommen?"

Ilona erklärte: „In den letzten Jahren hat er natürlich kaum etwas anderes gelesen als internationale Bestseller und die von seinen Lektoren zur Publikation empfohlenen Manuskripte."

„Verstehe. Damit hatte er neben der Leitung des Verlages und allem Dazugehörenden mehr als genug zu tun."

„Eben. Aber als er hörte, daß die Vorbesitzerin seiner Villa Schriftstellerin ist, hat er sich angesehen, was ich geschrieben habe. Nun möchte er einen Krimi von mir, weil es noch keinen gibt, und er meint, ich hätte das Zeug dazu. Mich reizt das natürlich sehr."

„Das kann ich dir nachfühlen. Weißt du schon einen Titel?"

„Ich denke an *Mord auf dem Cobenzl* – angeregt von dem Fall, den Klaus auf der Kreuzfahrt mit deiner Hilfe gelöst hat."

Bescheiden sagte Charlotte. „Meine Hilfe war doch sehr unbedeutend." Und das Thema wechselnd: „Was sagt denn deine Stammverlegerin zu dem Krimi-Projekt bei XY?"

„Sie ist einverstanden, wenn in dem Buch meine bei ihr erschienenen Bücher genannt werden. Das bringt ihr mehr Reklame, als sie je bezahlen könnte. Aber der angefangene Roman bliebe dann natürlich vorläufig liegen."

„Verstehe. Wann fällt die Entscheidung?", wollte die immer praktisch denkende Charlotte wissen.

„Gleich wenn ich von der Hochzeitsreise zurück bin, gibt's eine Detailbesprechung bei XY. Danach werde ich wohl bald ja oder nein sagen müssen."

Ilona öffnete eben den Karton, in dem zuoberst ein Ordner lag mit Zeitungsberichten über den 11. September 2001 und die Folgen des Terroranschlags auf das World Trade Center in New York. Das brachte Ilona jetzt zu der Frage:

„Von Charly Huber hat man noch immer nichts gehört? Jetzt ist es doch schon über ein Jahr, daß Max Wimmer die Vermißtenanzeige erstattet hat."

„Stimmt", erwiderte Charlotte. „Das war kurz vor dem ersten Jahrestag von Nine-Eleven! Nein, meines Wissens hat man bis jetzt weder Charly Huber noch seine Leiche gefunden."

Charly Huber war Max Wimmers Privatchauffeur, der in Wimmers Döblinger Villa wohnte und seit 31. August

2002 abgängig war. Max Wimmer hatte dies am 4. September der Polizei gemeldet. Denn Ehefrau oder sonstige Angehörige Charly Hubers gab es nicht.

Max Wimmers Wagen, ein Maybach, war ein paar Tage danach an der Wiener Höhenstraße gefunden worden. Mit keinen anderen Fingerabdrücken als denen von Max Wimmer und dessen Frau. Und von Charly selbst natürlich. Da es deren Fingerabdrücke überall im Wagen gab, war offenbar von niemandem versucht worden, Fingerabdrücke anderen Ursprungs zu beseitigen. So dürfte Charly Huber den Wagen selbst dorthin gefahren haben, wo man ihn entdeckt hat.

Von Charly Huber aber fehlte jede Spur. Kein Zeuge konnte aufgetrieben werden, der ihn nach dem 31. August gesehen hätte. Da es keinen handfesten Hinweis auf Mord, und insbesondere keine Leiche gab, konnte Mertens in der Sache nicht aktiv werden, so sehr Max Wimmer sich auch darum bemühte.

Ilona fragte:

„Ob Max ein schlechtes Gewissen hat, weil er seine Frau von Charly Huber überwachen ließ?"

„Leicht möglich, Ilona. Wenn sie Max nämlich wirklich untreu war, und wenn Charly von ihr oder dem Ehebruchspartner als Detektiv bemerkt worden ist, dann könnten die beiden oder einer von ihnen durchaus für Charlys Verschwinden gesorgt haben – auf welche Art auch immer."

Dazu meinte Ilona:

„Wenn es so war, sind sie jedenfalls sehr geschickt gewesen. Und je mehr Zeit vergeht, desto schwerer wird ein

Beweis zu finden sein. Kennst du übrigens Max Wimmers Frau persönlich, ich glaube Edith heißt sie?"

„Nur flüchtig. Aber gut genug, um zu wissen, daß es ein großer Fehler von Max war, eine so junge Frau zu heiraten."

Prompt kam Ilonas Frage:

„Wie groß ist denn der Altersunterschied?"

„23 Jahre."

„Fast ein Vierteljahrhundert!"

„Du sagst es." Und Charlotte fügte die Überlegung an: „So etwas mag ja gut gehen bei einem Paar, das sehr harmoniert und viel zusammen ist. Aber wenn der Mann unausgesetzt arbeitet und eine so viel jüngere Frau dauernd allein bleibt, dann liegt es ja direkt auf der Hand, daß sie sich anderweitig zu trösten sucht."

„Warum läßt sich diese Edith nicht scheiden, wenn sie von ihrem Mann so vernachlässigt wird?"

„Weil sie Max doch nur wegen seines Geldes geheiratet hat. Davon würde sie sich niemals freiwillig trennen!"

3.

Das Haustor des Traktes mit Sofie Mayersbergs Wohnung befand sich in einem romantischen länglichen Seitenhof. Dorthin kam man durch einen hohen, torartigen Durchlaß in der Mitte des halbkreisförmigen Flügels, der das Schwarzenbergische Gebäude-Ensemble auf der Rennwegseite abschloß.

Punkt 11 Uhr 30 läutete Rechtsanwalt Dr. Georg Gradmeister an der Wohnungstürklingel im 1. Stock.

Wirtschafterin Agnes öffnete. Sie war Mitte Fünfzig, ein schlankes, zierliches Persönchen, knapp ein Meter sechzig groß, mit intelligent blickenden Augen. Agnes trug die vor Jahrzehnten allgemein übliche Tageskleidung weiblichen Hauspersonals: große weiße Schürze über blauweißgestreiftem Baumwollkleid und ein weißes Baumwoll-„Diadem“ auf dem graumelierten Lockenkopf.

Gradmeister ließ Mertens den Vortritt, und Agnes, mit dem Grund des Besuches vertraut, begrüßte die Männer leise:

„Ärlaucht ist gäradä aufgäwacht. Hierhär bittä, die Härrän“ – unüberhörbar stammte Agnes aus Ungarn.

Mertens und Gradmeister betraten das Schlafzimmer. Neben dem Bett saß eine blutjunge Pflegerin. Sie erhob sich grüßend und ging hinaus.

„Ärlaucht“, sagte Agnes, „Dr. Gradmeister und Ihr Härr Näffä sind da.“

„Wird auch Zeit“, kam es unwirsch von der Kranken, die von Kissen gestützt schräg aufrecht im Bett saß. Untadelig gepflegt und das graue Haar untadelig frisiert, trug sie ein Bettjäckchen aus hellblauer Seide über dem gleichfarbigen Nachthemd. Hellwache Augen sahen aus ihrem feingeschnittenen, faltigen Gesicht abwechselnd zu Gradmeister und Mertens, als sie fragte:

„Alles fertig zur Unterschrift?“

„Darf ich mich vorstellen …“

„Wozu?“

„Wir sind einander doch nie begegnet.“

„Na und? Gradmeisterchen hat bestimmt den Richtigen hergebracht. Also los!“

Meine Tante Sofie scheint ein Adele-Sandrock-Typ zu sein, dachte Mertens. Wie die Sandrock in ihren letzten Filmen, in Der *Himmel auf Erden* zum Beispiel. Oder lag das nur an ihren Rollen, daß man sie als mürrische, herrische Alte in Erinnerung hat? Als sie jung war, die Sandrock, muß sie aber ganz anders gewesen sein. Hätte der sensible Arthur Schnitzler sie sonst lieben können?

Trotz dieser Gedanken verfolgte Mertens aufmerksam, was vor seinen Augen geschah: Agnes plazierte ein Bett-Tischchen vor Sofie Mayersberg, reichte ihr die Brille und half auch, sie aufzusetzen. Inzwischen entnahm Georg Gradmeister seiner Aktentasche die inhaltsschweren Papiere. Bevor er diese seiner Mandantin zur Unterschrift vorlegte, fragte er:

„Bleibt es bei den Zeugen, die Sie genannt haben, oder muß etwas geändert werden?“

„Es bleibt dabei! Wieso ist John nicht da?“

„John wartät, Ärlaucht, bis ich ihn rufä. Ischtänäm, ich holä ihn schon.“

Agnes verließ das Zimmer, und Sofie erklärte:

„John ist mein Butler und Chauffeur. Er und Agnes sind unersetzlich. Du solltest sie behalten, Klaus."

Mertens war über diesen Rat perplex. Aber ehe er dazu etwas sagen konnte, kam Agnes mit einem sechzigjährigen, großen, schlanken Mann in Chauffeurlivree zurück, der die Kappe in der Hand trug, sodaß sein volles schneeweißes Haar zu sehen war. Agnes stellte ihn als John vor.

„Keine Verzögerungen!" ertönte es aus dem Krankenbett. Gradmeister reichte der Klientin seinen Kugelschreiber und wies bei dem ersten Dokument auf die Stelle, wo sie unterschreiben sollte.

„Dies ist die Änderung des Beistatuts der Franz-Mayersberg-Stiftung. Erstens: Einsetzung des Herrn Kriminalmajor Klaus Mertens als Zweitbegünstigten mit einer monatlichen Zuwendung von dreitausend Euro ab sofort."

„Was soll das heißen?", entfuhr es Mertens.

Ungehalten fauchte Sofie:

„Halt den Mund. Zweitens, Gradmeisterchen?"

„Zweitens: Nach Ihrem Ableben ist der Herr Kriminalmajor Erstbegünstigter."

„Richtig", sagte Sofie und unterschrieb. Gradmeister nahm das Papier an sich und legte die andere Urkunde vor.

„Und hier, bitte, der Adoptionsvertrag."

Dieser erhielt Sofies und Klaus Mertens' Unterschrift. Zuletzt unterzeichneten Gradmeister, Agnes und John beide Dokumente als Zeugen all der Vorgänge. Nun sagte Sofie zufrieden:

„Das war's. Gut zu wissen, daß es doch noch jemand geben wird, der Mayersberg heißt."

„Wieso, Tante Sofie?“

„Mutter, wenn ich bitten darf!“

„Ach so, ja also – Adoptivmutter, natürlich!“

„Eben. Und deswegen heißt du künftig Mayersberg.“

„Niemals!“

„Sagen Sie's ihm, Gradmeisterchen!“

Bevor der Aufgeforderte dazu kam, stieß Mertens hervor:

„Bin ich wirklich dazu verpflichtet?“

Georg Gradmeister war peinlich berührt von der Vehemenz, mit der Mertens reagiert hatte. So fragte er zunächst:

„Haben Sie den Adoptionsvertrag nicht gelesen?“

„Doch. Aber diese Passage wahrscheinlich zu flüchtig. Das heißt, nein: Es genügt doch, wenn ich Mayersberg meinem Namen voranstelle, nicht wahr?“

„Ja, das genügt.“

„Schlimm genug.“

„So? Das ist schlimm für dich? Es war immerhin auch der Mädchenname deiner Mutter! Sie hat diesen Namen sehr geliebt, dummer Bub!“

Nach dem Bisherigen empfand Mertens diese Worte als unerwartet einfühlsame Argumentation. Deswegen hielt er es plötzlich für möglich, zu dieser Frau doch noch einen Kontakt zu bekommen, der nichts mit steuerpragmatischen Überlegungen zu tun haben würde. Aber das mußte warten, denn jetzt befahl sie:

„Verschwindet endlich. Ich bin müde.“

Sofie Mayersbergs heftig hinausweisende Handbewegungen ließen keinen anderen Abschied zu als ein eiliges „Auf Wiedersehen“ der beiden Besucher.

An seinem Schreibtisch im Büro blieb Mertens nicht viel Zeit, das eben Erlebte zu verarbeiten. Immerhin hatte er folgende Gedanken:

Ilona wollte er die Sache erst erzählen, wenn ihn das Gefühl verlassen hatte, alles nur geträumt zu haben. Und wenn er davon überzeugt sein konnte, Tante Sofie werde das heute Besiegelte nicht widerrufen.

Was ihn betraf, so war er damit ja genau genommen total überrumpelt worden! Istenem, „mein Gott", fügte er bekräftigend hinzu, wie er es als „Ischtänäm" heute mehrmals von Tante Sofies Wirtschafterin gehört hatte.

Jedenfalls wollte sich Mertens erst über seine neue Position klar werden, ehe er mit irgendjemandem darüber sprach. Er würde versuchen, so viel wie möglich über Tante Sofie in Erfahrung zu bringen – wie ihr Leben bisher verlaufen war, welche Eigenschaften, Angewohnheiten und Interessen sie hatte, was für ein Mensch sie überhaupt war.

Vor allem aber wollte er wissen, warum sie ihn jetzt plötzlich an Sohnes statt annahm. Dafür mußte es einen anderen Grund geben als den von Gradmeister genannten. Denn ihm, Mertens, Steuern ersparen zu wollen, stand in direktem Gegensatz zu der jahrzehntelangen unfreundlichen, ja feindseligen Haltung der Mayersbergs zu seinen Eltern und zu ihm.

Andererseits – Tante Sofie hätte ja das Rote Kreuz oder den Tierschutzverein oder wen immer als Begünstigten der Mayersberg-Stiftung nach ihrem Tod einsetzen können, anstatt ihn, Klaus Mertens. Und jetzt würde er auch noch monatlich dreitausend Euro bekommen! Zwar offenbar aus dem Vermögenstopf, der seiner Mutter zugestanden wäre, aber immerhin.

Warum? Warum? Warum?

Würde er es je erfahren?

Laut Gradmeister war Tante Sofie sehr krank. Diesen Eindruck hatte sie auf Mertens gar nicht gemacht. Aber vielleicht war das nur auf Medikamente zurückzuführen? Dazu mußte Mertens unbedingt den Arzt befragen.

Nun überlegte Mertens, wie Ilona wohl die Umkehrung ihrer beiderseitigen Vermögensverhältnisse aufnähme, falls es dazu jetzt tatsächlich kommen sollte:

Vielleicht spiele ich Ilona einen alten Film aus meiner Video-Sammlung vor. *Let's make love* oder *Hände wie Samt.* Da gibt es jeweils ein armes Mädel, das entdeckt, dass es sich ahnungslos in einen Reichen verliebt hat. Dieser ist zwar nicht schuld daran, daß sie ihn für mittellos gehalten hat. Auch nicht an den Umständen, die ihn daran hinderten, ihr sofort die Wahrheit zu sagen. Aber als sich die Wahrheit dann herausstellt, reagiert das Mädchen empört-abwehrend, denn sie fühlt sich erniedrigt, bis es dem Mann gelingt, sie von der Echtheit seiner Liebe zu überzeugen.

Letzteres, dachte Mertens weiter, werde ich Gott sei Dank nicht nötig haben. Aber ein solches Filmmärchen wäre bestimmt eine gute Einleitung für die Erzählung, daß mir, dem mittlerem Kriminalbeamten mit nicht gerade fürstlichem Monatsgehalt, plötzlich großer Reichtum ins Haus steht.

Damit kehrten seine Gedanken zu Tante Sofie zurück. Sicher erwartete die herrische Dame, daß er sie jetzt regelmäßig besuchte. Nun ja, morgen konnte er das tun.

Übermorgen ginge es vielleicht auch noch. Aber nur ganz kurz, nach der Hochzeit, vor der Abreise. Ilona, die Wunderbare, würde es schon verstehen, daß er die plötzlich aufgetauchte letzte Blutverwandte seiner Mutter am Krankenbett besuchte.

Die vorgeschriebene Namensänderung mußte aber jedenfalls bis nach seiner Rückkehr warten. Weil Mertens keinerlei Aufschub für seine Heirat riskieren wollte. Denn schon seit einer Weile, und je näher der Termin rückte, desto öfter befiel ihn die Sorge, es könnte etwas dazwischen kommen.

Was ja dann auch geschah.

4.

Um 15 Uhr betrat Charlotte Suttenberg ihr Haus am Schießgrabensteig in Perchtoldsdorf. Charlottes Mann Alfons war hier aufgewachsen. Sein Großvater, Oskar Suttenberg, hatte es bauen lassen. Charlotte kam in den letzten Jahren nur selten hierher, hatte aber eine Putzfrau engagiert, die ihre Wohnung zweimal wöchentlich in Ordnung hielt.

Am liebsten würde ich ja schon heute einen Sprung in die Grotte machen, dachte Charlotte. Aber ich will den Manharts damit nicht auf die Nerven gehen. Schließlich habe ich einen speziellen Besuch angekündigt, um mein Eigentum daraus zu entfernen.

Mit der Grotte, die Charlotte schon lange nicht mehr mitbenützte, hatte es folgende Bewandtnis: Der Schießgrabensteig war eine bergauf führende Sackgasse. Sie endete vor einem kleinen Wald, von dem ein Stück zu Charlottes Liegenschaft gehörte. Dort befand sich die Grotte. Sie war zugleich mit dem Haus errichtet worden, direkt auf dem Waldboden, aus moosverkleideten Natursteinen, mit einer Eingangsöffnung, ähnlich der Grottenbahn im Wiener Wurstelprater, aber entsprechend kleiner.

Die Kinder Oskar Suttenbergs hatten das äußerst geräumige Gewölbe benützt als Räuberhöhle oder Knusperhäuschen oder Köhlerhütte oder Haus der Sieben Zwerge oder was immer ihre wunderbare Phantasie jeweils daraus machte.

Später war die Grotte für Erwachsene mit Liegen und Sitzmöbeln eingerichtet worden, für kühlen Aufenthalt während großer Hitze oder manch sommerabendlichen

Umtrunk – gefördert durch stets gastfreundlich gefüllte Flaschenstellagen in einem Kellerabteil.

Alfons Suttenberg ließ dieses Waldrefugium dann mit Stromleitung, Teeküche und kanalisierter WC-Anlage ausstatten, sodaß man hier auch größere, äußerst beliebte und sehr frequentierte Sommerfeste veranstalten konnte, ohne den Gästen das Haus öffnen zu müssen.

Während dieser nostalgischen Erinnerungen hatte Charlotte im Wohnzimmer das Ölgemälde abgenommen, hinter dem der Safe eingemauert war, und nahm die Saliera-Kopie heraus. Danach verschloß sie das Gehäuse aus dickem Panzerstahl gleich wieder und hängte das Bild an seinen Platz zurück.

Nun wickelte Charlotte das Kunstwerk vorsichtig in Noppen-Plastik. So passte es genau in die Transporthülle, die Charlotte mitgebracht hatte: zwei ineinander gesteckte orangefarbene Papiersäcke, die man bekam, wenn man in Wien bei Julius Meinl am Graben einkaufte. Doppelt genommen, hätten sie bis zu 30 Kilogramm Gewicht ausgehalten.

Es war 16 Uhr 30, als Charlotte in Wien vom Gürtel in die Gumpendorferstraße einbog. An deren unterem Ende querte sie den Getreidemarkt, durchfuhr die Eschenbachgasse und fand einen Parkplatz in der Nebenfahrbahn des Opernrings, ganz in der Nähe ihres Hauses.

Als sie den Meinl-Sack herausgenommen hatte und ihr Auto abschloß, dachte sie:

‚Ich habe versprochen, Ilona anzurufen, wenn ich zurück bin. Das muß ich oben gleich machen. Und fragen, ob sie mit den beiden letzten Kisten heute wirklich fertig werden. Wenn nicht, helfe ich morgen vormittag noch einmal.'

Mit dem Lift fuhr Charlotte in den 1. Stock. Nach zwei Schritten in Richtung auf ihre Wohnungstür fühlte sie sich von hinten umklammert. Dabei wurde ihr ein Tuch fest auf Nase und Mund gedrückt, das mit einem stark riechenden Betäubungsmittel getränkt war. Wodurch Charlotte in wenigen Sekunden das Bewußtsein verlor.

So wartete Ilona Bergmann vergeblich auf Charlottes Anruf. Ab 17 Uhr 30 deswegen beunruhigt, rief Ilona ihrerseits wiederholt bei Charlotte an, aber dort meldete sich niemand – die Haushaltshilfe blieb immer nur bis 15 Uhr.

Dorothea verstand Ilonas Sorge.

„Kann dir der Herr Kriminalmajor nicht helfen?"

„Ich will ihn nicht unnötig stören. Außerdem ist es jetzt sicher noch viel zu früh, um ernsthaft anzunehmen, daß Tante Charlotte etwas passiert ist. Und hoffentlich ist ja überhaupt nichts passiert und sie meldet sich bald."

„Hast du schon in Perchtoldsdorf angerufen? Vielleicht ist Frau Suttenberg dort aufgehalten worden."

„Daran hab' ich noch gar nicht gedacht! Danke, Dorothea."

Aber laut Auskunft von Elisabeth Manhart in Perchtoldsdorf hatte Frau Suttenberg das Haus schon gegen 16 Uhr verlassen.

Obwohl Charlotte vor rund sechs Stunden bei Ilona entdeckt hatte, daß sie ihr Handy heute zu Hause hatte liegen lassen, versuchte Ilona auf alle Fälle auch Charlottes 0664-Nummer – ohne Erfolg.

Ilona wußte, daß Mertens ab 18 Uhr 30 seine Mitarbeiter zum Abschied vor der Hochzeitsreise in ein kleines Lokal eingeladen hatte. Dort wollte sie ihn nicht stören. Um halb acht hielt Ilona die Ungewißheit bezüglich Charlotte aber nicht mehr aus. Sie rief Mertens an, beschrieb die Lage und sagte zuletzt:

„Ich mach' mir solche Sorgen! Soll ich die Strecke nach Perchtoldsdorf abfahren? Oder alle Unfallstationen anrufen?"

„Weder noch, mein Liebes. Ich komme sofort zu dir."

Zwanzig Minuten später saß Mertens neben Ilona im Wohnzimmer Prandaugasse 5. Und obgleich Ilonas Sorge um Charlotte sich nicht vermindert hatte, so bewirkte seine Anwesenheit doch, daß Ilona viel ruhiger wurde und sich geborgen fühlte.

Nicht zuletzt deshalb, weil es Mertens gelang, Ilona das unsinnige Schuldgefühl auszureden, das sie quälte, weil Charlotte heute doch einzig und allein wegen des Hochzeitsgeschenkes für Ilona in ihrem Auto unterwegs war.

„Hoffentlich ist Tante Charlotte nicht genauso auf Nimmerwiedersehen verschwunden wie Max Wimmers Chauffeur! Erinnerst du dich, Kläuschen?"

„Natürlich erinnere ich mich. Der kam von einer Fahrt zur Beobachtung von Wimmers Frau nicht mehr zurück. Wie kommst du jetzt darauf?"

„Weil ich heute mit Tante Charlotte davon gesprochen habe. Nun geht mir das wieder im Kopf herum."

Hatte Mertens ursprünglich vorgehabt, nach dem Treffen mit den Kollegen bei Ilona die beiden Videos aus seiner hierher übersiedelten Sammlung herauszusuchen, so konnte jetzt natürlich keine Rede davon sein, das Thema seines bevorstehenden Reichtums auf welche Art auch immer anzuschneiden.

Da kam – es war gerade 20 Uhr 30 – ein Anruf von Fritz Weber, Charlottes Hausmeister am Opernring, dem Charlotte Schlüssel zu ihrer Wohnung anvertraut und für Notfälle auch Ilonas Telefonnummern gegeben hatte.

„Ich habe leider eine furchtbar schlimme Nachricht, Frau Bergmann."

„Ist Frau Suttenberg etwas passiert?"

„Sie ist tot."

„Nein!", rief Ilona, sprang auf und wiederholte für Mertens: „Tante Charlotte ist tot!"

Mertens legte den Arm um Ilona, die inzwischen dem Bericht weiter lauschte.

„Sie lag vor ihrer Wohnungstüre. Die Dame, der die zweite Wohnung im 1. Stock gehört, hat sie entdeckt."

„Wann war das?" fragte Ilona automatisch.

„Um 18 Uhr."

„Da rufen Sie jetzt erst an?"

„Früher habe ich an Sie überhaupt nicht gedacht, Frau Bergmann, entschuldigen Sie, bitte. Es war nämlich so: Die Dame, Frau Valentin, hat mich geholt. Ich ging mit ihr hinauf und dann habe ich sofort die Rettung gerufen. Da dachte ich noch, es sei nur eine Ohnmacht."

„Hat Frau Suttenberg denn noch geatmet?"

„Das weiß ich nicht. Wir haben uns nicht getraut, Frau Suttenberg anzurühren. Und wir hätten ja auch nicht gewußt, wie ihr zu helfen wäre."

„Ich verstehe."

„Jedenfalls – der Rettungsarzt war sehr schnell da und hat den Tod festgestellt. Dann hat er gleich die Polizei verständigt. Der leitende Kommissar hat den Leichnam schließlich auf die Gerichtsmedizin bringen lassen. Und erst als das geschehen war, ist mir eingefallen, daß ich Sie verständigen muß. Es tut mir alles so schrecklich leid."

„Schon gut, danke, Herr Weber. Mein Verlobter hat noch ein paar Fragen."

„Sah es nach Raub aus?", wollte Mertens wissen, der den Hörer von Ilona übernahm.

„Nein. Frau Suttenberg hatte ihre Perlenkette um den Hals und ihren Brillantring am Finger. Die hätte ein Räuber doch bestimmt mitgenommen."

„Und die Handtasche?"

„Die lag neben ihr auf dem Boden. Die Kommissare haben festgestellt, daß die Brieftasche mit Geld, Wohnungs- und Perchtoldsdorfer Schlüssel, Führerschein, Autoschlüssel – mit einem Wort, daß alles da war."

„Wo ist die Handtasche jetzt?"

„Sie haben sie mitgenommen. Sie sichern Fingerabdrücke."

„Hat man auch ein Paket gefunden?"

„Ein Paket? Nein. Paket war keines da."

„Danke, das war's."

Ilona wußte, daß sie die volle Tragweite des Unglücks, Charlotte verloren zu haben, noch gar nicht realisieren konnte. Trotzdem weinte sie schon jetzt wie ein kleines Kind an Mertens' Schulter. Auch ihm ging Charlottes Tod riesig nahe.

Allmählich ließen Ilonas Tränen dann aber doch nach. Plötzlich fiel Ilona ein:

„Sie sollte meine Trauzeugin sein!"

Dieser Gedanke verursachte erneutes Schluchzen. Mertens strich Ilona liebevoll und geduldig über den Kopf. Nach einer Weile sagte er:

„Mein Liebes, ich könnte es verstehen, wenn du gar nicht versuchen wolltest, einen Ersatz für sie zu finden, bis übermorgen. Ich meine, es wäre vielleicht sogar pietätlos – so nahe, wie ihr euch gestanden seid."

Ilona schlang beide Arme um seinen Hals.

„Ich weiß doch, warum ich dich so liebe, Kläuschen! Heißen Dank! Verschieben wir die Hochzeit, bis Tante Charlottes Tod geklärt ist. Vorher will ich natürlich auch keinesfalls verreisen. Du vielleicht?"

„Nein, ich auch nicht. Morgen früh ziehe ich meine Urlaubsmeldung zurück und lasse mich sofort in die Ermittlungen einschalten."

„Und ich kümmere mich um die Hochzeitsverschiebung – Standesamttermin absagen, Hochzeitsessen abbestellen, Gäste ausladen, Reise und Hotel stornieren."

„Wird dir das nicht zu viel?"

„Aber nein. Außerdem lenkt es mich ein bißchen ab."

„Ich brauche mich wegen der Verschiebung wirklich um gar nichts zu kümmern?"

„Um gar nichts. Das heißt – deinem Trauzeugen sag's bitte selber."

„Selbstverständlich. Ich seh' ihn ja gleich in der Früh."

5.

Tags darauf, Freitag, informierte Mertens zuallererst seinen Trauzeugen, Oberkommissar Bertram Ogris, daß und warum Mertens' Hochzeit vorläufig nicht stattfand.

Ogris, ein etwas untersetzter sechzigjähriger, kriminalistisch erfahrener Mann, war seit vielen Jahren Mertens' zuverlässigster Mitarbeiter. Obwohl die beiden von unterschiedlichster Herkunft waren – was jedermann an ihrer Art zu sprechen sofort erkannte –, so verband sie doch längst eine tiefe Freundschaft.

Da Ogris sowohl Ilona als auch Charlotte Suttenberg öfter begegnet war, wußte er von der quasi Tochter-Mutter-Beziehung der beiden Frauen und drückte sein umfassendes Mitgefühl aus.

Mertens sorgte für Verschiebung seines Urlaubs, dann erkundigte er sich nach dem gerichtsmedizinischen Befund über den Tod Charlotte Suttenbergs und nach dem Bericht der Spurensicherung.

Beide waren nicht vor Nachmittag zu erwarten. Deshalb rief Mertens nun bei Tante Sofie an. Butler John hob ab:

„Bei Ihrer Erlaucht Gräfin Mayersberg."

„Mertens hier. Bitte fragen Sie, ob ich in einer halben Stunde vorbeikommen kann."

„Mach' ich, Herr Major. Einen Augenblick, bitte."

Nach kurzer Zeit meldete sich Agnes:

„Härr Major, Ihre Ärlaucht ärwartät Sie."

„Verraten Sie mir, was ich mitbringen kann? Blumen, Obst, etwas Süßes?"

„Am bästän gor nichts, Ischtänäm! Ärlaucht mog äs nicht, daß man ihr ätwas schänkt."

„Danke, Agnes. Bis dann."

Von seinem Büro im Eckhaus Berggasse/Roßauerlände ging Mertens zur Schlickgasse hinüber. Von dort fuhr er im hinteren Waggon der Straßenbahnlinie D Richtung Südbahnhof bis zur Station Gußhausstraße. Diese Station hieß immer noch so, obwohl sie sich schon seit Jahren wieder an ihrem ursprünglichen Standort – Wohllebengasse – befand.

Mertens stieg aus, querte die Prinz-Eugen-Straße, ging die Einfahrtsrampe zu dem als Parkplatz bewirtschafteten „Ehrenhof" des Palais Schwarzenberg hinauf, dessen gegenüberliegender Seite er nun zustrebte.

Er durchschritt den romantischen Seitenhof. Das versteckte Haustor war unverschlossen, und er ging in den 1. Stock. Agnes öffnete die Wohnungstüre und flüsterte ihm zu:

„Ärlaucht, ischtänäm, hattä keinä gutä Nacht, heutä."

„Was sagt denn der Arzt?"

„Dän wollte sie heutä absolut noch nicht sähän. Ärst wänn Sie wäg sind, darf ich ihn rufän."

„Das läßt er sich gefallen?"

„Von Ärlaucht lassen sich alle alles gefallen. Sie wärän der Ärste, där das nicht tut. Und das würde sie nicht übärläbän, ischtänäm, glaubä ich. Jetzt kommän Sie bittä."

Heute saß eine andere junge Pflegerin an Sofies Bett. Aber auch sie verließ sofort den Raum, als Agnes Mertens hereinführte und meldete:

„Ärlaucht, Ihr Näffä ist da."

„Mein Sohn, willst du sagen. Merk dir das gefälligst!"

„Värzeihung, Ärlaucht, Ihr Sohn."

„Geh schon! Wir haben zu reden!"

Agnes ging, und Mertens machte einen Schritt auf Sofie zu. Diese winkte energisch ab und sagte barsch:

„Setz dich endlich."

Mertens tat, wie ihm befohlen, und fiel unwillkürlich in Agnes' Diktion:

„Wie steht das erlauchtigste Befinden?"

„Mach dich nur lustig über unsereins!"

„Nichts liegt mir ferner! Ich passe mich nur dem Ton dieses Hauses an. Wie Mutter es mir beigebracht hat."

„Welche Ironie!"

„Wieso Ironie?"

„Weil es dem Ton dieses Hauses immer zuwider war, die Frau, die dich geboren hat, auch nur zu erwähnen."

Mertens sprang auf:

„Dann habe ich hier nichts verloren! Auf Nimmerwiedersehen!"

Er war schon fast an der Türe, als er Sofie sagen hörte:

„Hedwig hat das Glück meines Lebens zerstört."

Mertens blieb stehen und drehte sich ruckartig um.

„Wie kannst du so etwas behaupten? Ihr habt sie verstoßen, weil sie aus Liebe geheiratet hat!"

„Den Mann, den i c h heiraten wollte! Sie hat ihn mir weggenommen."

Mertens war wie vom Blitz getroffen.

„So etwas hätte Mutter nie getan!"

„Es ist aber geschehen!"

Mertens ging einen Schritt näher.

„Bist du etwa mit meinem Vater verlobt gewesen?“

„Nein. Aber Hedwig hat Eduard durch mich kennen gelernt.“

Mertens setzte sich wieder an Sofies Bett.

„Wußte Mutter, daß du ihn liebst?“

„Niemand wußte es. Niemand *durfte* es wissen.“

„Wegen des Standesunterschiedes?“

„Natürlich. Aber wenn er mich gefragt hätte, wäre ich mit ihm gegangen! Wie deine Mutter! Und dann wärst du m e i n Sohn geworden ...“

Schweigen trat ein. Nach einer Weile sagte Mertens:

„Es war also nicht Standesdünkel, sondern ...“

Der Satz blieb unvollendet, bis Sofie ergänzte:

„... Eifersucht. Strafe fürs Wegschnappen.“

„Aber wieso hat die ganze Familie Mayersberg meine Mutter fallen lassen? Also, ihre Mutter gab's ja nicht mehr. Aber sogar ihr Vater?“

„Der war der Allerwichtigste. Dabei konnte ich ihn, meinen Onkel Franz, am leichtesten dazu bringen!“

„Und zwar wie?“

„Ein Hardegg wollte deine Mutter heiraten. Das wäre Onkel Franz sehr recht gewesen. Also hab' ich ihm geraten, Hedwig mit Enterbung zu drohen, falls sie den Hardegg nicht nimmt.“

„Da hast du sie aber schlecht gekannt!“

„Im Gegenteil! Ich kannte sie nur zu gut! Hedwig reagierte genau so, wie ich es erwartet und gewünscht hatte: Sie sagte nein. Da konnte Onkel Franz nicht mehr zurück und setzte sie auf den Pflichtteil. Als sie gleich darauf

Eduard heiratete, beließ es Onkel Franz sehr gerne dabei."

„Verstehe. Alle Fliegen mit einer Klappe! Franz Mayersberg war der Chef der Familie. Seine Entscheidung gegen die eigene Tochter wurde auch von den übrigen exekutiert."

„So ist meine Rechnung voll aufgegangen."

„Hattest du nie Gewissensbisse?"

„Nicht wirklich. Obwohl ..."

„Obwohl?"

Sofie schwieg und schien mit sich zu ringen. Nach einer Weile sagte sie:

„Nun – inzwischen habe ich die Wahrheit realisiert."

Mertens wartete darauf, daß sie weitersprach. Als er merkte, daß sie einen neuen Anlauf brauchte, fragte er:

„Nämlich?"

Sofie sah ihn kurz an, dann senkte sie den Blick und stieß sehr rasch hervor, wohl, um es möglichst bald hinter sich zu haben:

„Eduard hat eben nicht mich, sondern Hedwig geliebt. Das ist niemandes Schuld gewesen, denn dagegen ist einfach kein Kraut gewachsen."

Höchst erstaunt kam Mertens' Frage:

„Das hast du nicht schon immer gewußt?"

Worauf Sofie nun in voller Selbsterkenntnis sagte:

„Ich habe es einfach nicht wahrhaben wollen. Die Sache hat mein ganzes Leben vergiftet. Und damit konnte ich besser fertig werden, wenn ich jemandem die Schuld gab."

Mertens war perplex. Trotzdem mußte er nun loswerden:

„Dabei hast du es aber nicht bewenden lassen. Du hast gleich auch noch dafür gesorgt, daß diesem Jemand – meiner Mutter – das Leben finanziell empfindlich erschwert wurde.“

Jetzt wehrte Sofie ganz energisch ab:

„Nein, dafür kann ich nichts. Die Stiftung, durch die Hedwig nicht einmal zu ihrem – immerhin sehr beträchtlichem – Pflichtteil kam, ist allein die Idee von Onkel Franz gewesen!“

Mertens ließ nicht locker:

„Warum hast du ihm diese Idee nicht ausgeredet?“

„Davon hab’ ich ja erst nach seinem Tod erfahren.“

„Wirklich?“

„Ich schwör’s!“

Nun schwiegen beide eine Weile. Dann sagte Sofie:

„Du heiratest also morgen?“

„Woher weißt du das?“

„Von Gradmeisterchen.“

Mertens atmete tief durch, ehe er sagte:

„Ja also, wir müssen den Termin leider verschieben.“

„Wieso?“

Mertens erzählte, was es bis jetzt davon zu erzählen gab. Sofie hörte aufmerksam zu, aber mit geschlossenen Augen. Hin und wieder stellte sie eine Zwischenfrage. Plötzlich war sie eingeschlafen.

Mertens erhob sich und verließ das Zimmer mit dem überraschenden Bewußtsein, der ungekannten Tante quasi als Beichtvater gedient und einen ganz tiefen Blick in ihre unglückliche Seele getan zu haben.

An diesem Freitag rief Ilona in der Früh Charlottes Neffen Friedrich Kersten an. Seine Tochter Karina hob ab. Diese absolvierte jetzt am Schwarzenbergplatz im Wiener Landesgericht für Zivilrechtssachen, wenige Schritte von Kerstens Wohnung in der Gußhausstraße entfernt, den letzten Monat ihres Gerichtsjahrs. Als sie Ilonas Namen hörte, sagte Karina sofort:

„Ich wollte dich gerade anrufen! Ich habe von der schrecklichen Sache mit Tante Charlotte im Radio gehört! Es tut mir so leid! Kann ich irgendetwas für dich tun?"

„Vielen Dank, nein. Ist dein Vater da?"

„Nein, den muß ich dann gleich verständigen! Er war bei einer Kunstauktion in London und jetzt sitzt er im Flieger von dort nach New York, wo er an der nächsten Versteigerung teilnimmt. Er kommt erst am Mittwoch zurück, Gott sei Dank."

Ilona glaubte, sich verhört zu haben, und wiederholte fragend Karinas Worte:

„Gott sei Dank?"

Worauf Karina erklärte:

„Es gibt hier nämlich eine gräßliche Person. Das ist die Schwester von seinem neuen Geschäftspartner. Die will meinen guten Vater einfangen. Da bin ich immer froh, wenn er von ihr getrennt ist.

„Ach so. Verstehe. Aber jetzt interessiert mich vor allem: Kennst du andere Verwandte von Tante Charlotte?"

Karina antwortete nicht gleich. Dann sagte sie:

„Mir fällt niemand ein. Nie von welchen gehört."

„Dann müssen wir uns um das wichtigste kümmern, solange dein Vater nicht da ist. Vor allem um die Vorbereitung des Begräbnisses."

„Natürlich", sagte Karina hilfsbereit. Auch machte sich die Juristin in ihr sofort bemerkbar: „Und ein Notar muß die Verlassenschaftsabhandlung einleiten. Weißt du, ob Tante Charlotte ein Testament gemacht hat?"

„Nein. Sie sagte nie etwas dergleichen."

Eifrig kam es von Karina:

„Wenn es eins gibt, dann hat sie es bestimmt bei einem Anwalt oder bei einem Notar hinterlegt. Oder hat sie es nur in ihrer Wohnung aufbewahrt? Das kannst du sicher leicht feststellen, Ilona. Du hast doch ihre Wohnungsschlüssel."

„Allein gehe ich dort bestimmt nicht hin. Schließlich seid ihr die Verwandten."

Bescheiden und mit Nachdruck erklärte Karina:

„Aber nur angeheiratet-verschwägerte! Du bist ihr am nächsten gestanden! Das wissen alle. Aber vielleicht möchtest du, daß ich dich begleite?"

„Ja, bitte, gute Idee."

„Wann? Gleich heute, nach vier, wenn ich vom Gericht komme?"

„Wunderbar. Ich warte um halb fünf bei Tante Charlottes Haustor auf dich."

6.

Im Institut für Gerichtsmedizin zeichnete sich für Insider bereits der Skandal ab, der geraume Zeit später alle Medien beschäftigen würde: unhaltbare hygienische Zustände und Unkorrektheiten bei Gutachter-Bestellungen und -Abrechnungen.

Immerhin, das Untersuchungsergebnis vom Tod Charlotte Suttenbergs lag um 13 Uhr auf Mertens' Schreibtisch:

Das Opfer war erst betäubt und dann erwürgt worden. Und zwar gemäß Bericht der Spurensicherer mit bloßen Händen. Sodaß auf dem Verschluß der Perlenkette und der benachbarten Perlen – außer denen von Charlotte Suttenberg – Fingerabdrücke festgestellt und gesichert wurden, die vom Täter stammen mußten.

Gleiche fremde Fingerabdrücke gab es auf der Handtasche, die der Täter also jedenfalls angefaßt hatte. Ob etwas von deren Inhalt fehle, was laut ersten Feststellungen nicht der Fall war, könne mit Bestimmtheit wohl nur von den Angehörigen des Opfers beantwortet werden.

Nachdem auch Oberkommissar Bertram Ogris den Bericht gelesen hatte, fragte er:

„Mit bloße Händ'? Ohne Handschuach?"

„Das spricht entweder dafür, daß der Mord im Affekt begangen wurde, oder …"

„Oda wos?"

„Daß er geplant war, aber der Täter es plötzlich zu eilig hatte, um Handschuhe anzuziehen."

Um sicher zu sein, daß er Mertens Gedanken richtig nachvollzog, fragte Ogris:

„Du manst, weil er überrascht wor'n is'?"

„Ja. Vielleicht kam Frau Suttenberg früher, als er dachte."

„Des kennt' sein", bestätigte Ogris. „Und jetzt zu dera Handtasch'n. I man' zu de Angehörigen. Gibt's überhaupt wö'che?"

„Ich weiß nur von einem Neffen. Friedrich Kersten heißt er."

Sofort fiel Ogris ein:

„Mit Tochter Karina? Aus dem Fall vor iba drei Joahr'?"

„Richtig", erinnerte sich Mertens, „du kennst ihn ja. Kersten ist aber nur angeheiratet. Blutsverwandte Charlotte Suttenbergs dürften gar keine mehr am Leben sein."

„Wia i de Frau Suttenberg kennt hob, hat s' desweg'n bestimmt a Testament g'macht. Und bestimmt fia dei' Ilona."

„Jedenfalls wäre es ganz wichtig, daß Ilona den Inhalt der Handtasche zu sehen bekommt. Sie ist die einzige, die sagen könnte, ob etwas daraus fehlt. Außerdem muß geklärt werden, ob Charlotte Suttenberg das Hochzeitsgeschenk für Ilona bei sich hatte, als sie ermordet wurde."

Mertens erklärte kurz, worum es sich dabei handelte. Worauf Ogris meinte:

„Des is' a Hammer! Dann wär's also a Raubmord g'wesen?"

„Möglich. Vielleicht wissen die Mieter in Perchtoldsdorf, ob Frau Suttenberg das Haus mit einem Paket verlassen hat."

„Des wär' guat."

„Wenn nicht", fuhr Mertens fort, „muß geprüft werden, ob das wertvolle Stück noch dort im Safe ist. Auch dafür wäre baldige Klärung wichtig, wem die Handtasche auszuhändigen ist, in der alle Schlüssel sind."

„Des kann hübsch a Weile dauern."

„Da fällt mir ein", sagte Mertens hoffnungsvoll, „Frau Suttenberg hat Ilona von vielen ihrer Schlüssel Duplikate gegeben. Von ihrer Wiener Wohnung sowieso. Vielleicht sind auch die von Perchtoldsdorf dabei."

Ogris griff den Gedanken auf:

„Dann kennt' ma' glei' nach dem Opernring auch in Perchtoldsdorf anfangen. Des haaßt mit denen z'samm', de dort zuständig san."

„Und am Opernring müssen wir herausfinden, wie der Täter ins Haus gekommen ist, um seinem Opfer aufzulauern."

Sofort kam die Vermutung von Ogris:

„Der hat halt bei irgendjemand ang'läut' und ‚Paketpost' oder so was Ähnliches in die Sprechanlage g'sagt."

Mertens meinte ergänzend:

„Vielleicht war der Klingelknopf für die Ordination im Mezzanin auf automatisches Öffnen eingestellt."

„Oda der Täter hat sich von an Schlüsselbesitzer mitnehman lassen. Den hot er ab'paßt, oda er is' zufällig gleichzeitig mit eam zum Haustor kumman. Es gibt so vü Möglichkeiten!"

„Leider", bestätigte Mertens. „Und dann muß der Nachbarin auf den Zahn gefühlt werden, die Frau Suttenberg gefunden und den Hausmeister gerufen hat."

„Varsteh'! Die hat vielleicht vurhea des Packl g'numman!"

Dazu dachte Mertens laut:

„Wer immer es haben mag – ein Verkauf dieser Saliera-Kopie ist vorläufig bestimmt genau so ausgeschlossen, wie der Verkauf des Originals. Kein Antiquitätenhändler und kein Hehler würden sich darauf einlassen."

Ogris zog daraus den Schluß:

„Dann is des Ding entweda von, oda fia an privaten Kunstliebhaber g'raubt wor'n?"

„Oder der Raub dient nur der Irreführung."

Worauf Ogris höchst verwundert fragte:

„Hat denn de Frau Suttenberg an Feind g'habt?"

„Das ist beinahe nicht vorstellbar. Aber man kann ja nie wissen."

Mertens rief Ilona an und berichtete so schonend wie möglich das Resultat der gerichtsmedizinischen Untersuchung. Dann fragte er, ob Ilona Schlüssel für das Haus in Perchtoldsdorf habe und ihm anvertrauen würde, was sie beides bejahte. Hierauf veranlaßte Mertens die Abholung der Schlüssel und alles weitere, um legal – mit örtlichzuständiger Unterstützung – am späteren Nachmittag persönlich dort agieren zu können.

Ab 14 Uhr 30 ermittelten Mertens und Ogris im Haus am Opernring. Mertens in Begleitung von Kommissar Bauer, Ogris zusammen mit Kommissar Rosenmayer.

Hausmeister Fritz Weber und Karla Valentin, Charlottes Wohnungsnachbarin, wiederholten die Aussagen ihrer ersten Vernehmungen durch die Polizei.

Speziell danach gefragt, beteuerte Frau Valentin nicht ohne heftige Empörung, daß Frau Suttenberg nichts anderes bei sich gehabt habe als ihre Handtasche. Und selbst diese habe Karla Valentin erst mit dem Hausbesorger zusammen entdeckt. Denn als sie die ihr wohl bekannte Dame auf dem Boden liegen sah, habe sie auf der Stelle kehrtgemacht, um Herrn Weber zu Hilfe zu holen. Sie sei viel zu erschrocken gewesen, um irgendetwas näher zu besichtigen.

Ein Paket sei nicht zu sehen gewesen. Freilich – sollte ursprünglich auch noch ein Paket dort gelegen sein, hätte möglicherweise ein Dritter Zeit gehabt, es an sich zu nehmen, ehe sie, Karla Valentin, mit dem Hausmeister wieder hinauf kam.

Wie der Täter ins Haus gekommen war, konnte nicht mit Sicherheit geklärt werden. Kein Bewohner hatte – so alle Aussagen – einem Unbekannten, der Paketpost oder einem Botendienst das Haustor geöffnet, niemand hatte einen Unbekannten im Haus gesehen. Am wahrscheinlichsten war, daß der Täter die Klingel der Ordination benutzte, die eine automatische Öffnung bewirkte.

Um 16 Uhr waren diese Vernehmungen abgeschlossen, und Mertens ließ sich mit Ogris nach Perchtoldsdorf fahren.

Pünktlich um halb fünf begrüßten Ilona und Karina einander vor dem Haus am Opernring. Karina, jetzt Magister der Rechtswissenschaften, war vor drei Jahren von einem Mann so entsetzlich enttäuscht worden, daß sie daran noch immer litt und nur bei Ilona Verständnis fand für ihre Angst davor, sich auf eine neue Beziehung einzulassen. An Bewerbern um ihre Gunst fehlte es nicht, denn Karina war eine nicht nur gutaussehende, sondern auch sehr liebenswürdige junge Frau.

Beklommen betraten Ilona und Karina Charlottes Wohnung. Dort war alles in gewohnter Ordnung. Denn Ilona hatte die Haushaltshilfe beauftragt, vorläufig weiterhin hier täglich bis 15 Uhr nach dem Rechten zu sehen.

„Sieh im Schreibtisch nach, ob du ein Testament findest", sagte Karina. „Ich rufe inzwischen im nächstgelegenen Notariat an. Wegen Vorbereitung der Verlassenschaftsabhandlung. Und vielleicht wird Tante Charlottes Testament, wenn sie eins gemacht hat, genau dort aufbewahrt."

Beide waren erfolgreich: Die weitblickende, umsichtige und korrekte Charlotte hatte ein handgeschriebenes Testament in ihrem Schreibtisch liegen und eines in der von Karina kontaktierten Notariatskanzlei hinterlegt.

Das vorhandene Testamentsexemplar wanderte allerdings ungelesen in die Schreibtischlade zurück. Ilona scheute sich, den Inhalt einfach so, ohne Friedrich, kennen zu lernen. Das erschien ihr als ungehörige Indiskretion.

Jedoch wurde mit der Notariatskanzlei für die offizielle Testamentsverlesung der Donnerstagnachmittag vereinbart, an dem Friedrich Kersten wieder in Wien sein würde.

Inzwischen waren Mertens und Ogris in Perchtoldsdorf eingetroffen. Ein Beamter des zuständigen Polizeikommissariates begleitete sie zu Charlotte Suttenbergs Haus am Schießgrabensteig und blieb bei der Befragung dort kollegial-passiv anwesend. Allerdings würde, falls nötig,

Rudolf Manhart in seiner Sport-Redaktion in Wien vernommen werden müssen, da er vor halb acht Uhr abends nie nach Hause kam. Da er jedoch folglich beim gestrigen Besuch Charlotte Suttenbergs nicht dabei war, erübrigte sich das.

Elisabeth Manhart, Hausfrau, 42, eine hübsche brünette Frau, war nach dem dritten Kind ein wenig aus dem Leim gegangen, was sie durch weite Kittelkleider ganz gut kaschierte. Sie trug dezentes Make-up und hatte eine übersprudelnde Art zu reden: Charlotte Suttenberg sei gestern ganz haargenau um 15 Uhr da gewesen.

„War ihr Kommen etwa für diese Zeit angekündigt?"

„Selbstverständlich, Herr Major. Sie war ja immer so pünktlich und so rücksichtsvoll und hat einen Tag vorher angerufen. Und diesmal natürlich auch."

„Als sie hier war – hat sie da mit Ihnen gesprochen?"

Eifrigst kam Elisabeth Manharts ausführliche Antwort:

„O ja! Zuerst hat sie bei mir angeläutet, um zu sagen, daß sie da ist. Und nach einer halben Stunde etwa hat sie sich schon wieder verabschiedet. Ihre Bedienerin wird das bestätigen. Die kommt immer Montag und Donnerstag, von zwei bis fünf."

„Wissen Sie, warum Frau Suttenberg gestern hergekommen ist?"

Stolz erwiderte Frau Manhart:

„Ja, natürlich! Und daß Frau Suttenberg besondere Freude daran hatte! Sie hat nämlich für Ilona Bergmann – die Schriftstellerin, wissen Sie, mit der sie innig befreundet ist, ich meine: gewesen ist – ein Hochzeitsgeschenk geholt."

Nun kam die heikle Frage:

„Wissen Sie auch, was das war?“

Enttäuscht darüber, nicht eingeweiht worden zu sein, fügte Elisabeth Manhart ihrer verneinenden Antwort wenigstens eine entsprechende Erklärung an:

„Keine Ahnung. Es ist ja in Noppenplastik verpackt gewesen, in einem doppelten Meinl-Sack. Den habe ich Frau Suttenberg sofort abgenommen und zum Wagen getragen.“

In der Hoffnung, doch noch irgendeinen weiterführenden Hinweis zu bekommen, fragte Mertens:

„Sagte sie gar nichts dazu?“

„O doch. Sie hat natürlich danke gesagt. Und daß ich meinen Mann und Alice und Rolli grüßen soll – das sind unsere Kinder, die hier sind. Die Mittlere, Irmgard, ist nämlich auf Schüleraustausch in England. Aber Alice und Rolli hatten bis fünf Schule.“

„Das war alles?“, bohrte Mertens nach.

„Ja. Das heißt nein: Frau Suttenberg hat auch noch gesagt, daß sie den Mann so nett findet, seinen Namen hat sie allerdings nicht genannt, den Ilona Bergmann heiraten wird, und daß Frau Suttenberg sich deshalb schon ganz besonders auf die Hochzeit am Samstag freut!“

Der Ton des letzten Halbsatzes ließ erkennen, daß die Sprecherin Charlotte Suttenbergs Tod bedauerte. Da sie das mit gesenkten Augenlidern tat, blieb ihr der schmerzliche Ausdruck verborgen, den das Gesicht des Kriminalmajors dabei annahm.

Abends in der Prandaugasse berichtete Ilona von ihrem Besuch in der Wohnung am Opernring. Dabei schilderte sie insbesondere, wie schlimm es für sie war, dort alles wie gewohnt vorzufinden – alles, außer Charlotte.

Ilona sah so tief betrübt drein, daß Mertens erschrocken dachte: Wie lange wird es wohl dauern, bis Ilonas schelmisches Lächeln zurückkehrt?

So hielt es Mertens für unangebracht, Ilona jetzt eine der Video-Filmkomödien zuzumuten, mit denen er noch immer plante, seine Erzählung von den Veränderungen einzuleiten, die ihm durch die Intervention von Sofie Mayersberg bevorstanden.

Und wie wär's ohne solche Einleitung?

Nein – an diesem Abend wollte er Ilona überhaupt nichts anderes zeigen als verständnisvolle Anteilnahme an ihrer großen Trauer um Charlotte Suttenberg. Davon abzulenken, durch erfreuliche Begebenheiten um seine eigene Person, das würde Ilona mit Recht als gefühllosen Zynismus empfinden.

Folglich mußte – mit oder ohne Film – auf eine passendere Gelegenheit gewartet werden. Worin Mertens sich auch dadurch bestärkt fühlte, daß Ilona, als er sich verabschiedete, keine Sekunde daran zu denken schien, ihn zum Bleiben über Nacht aufzufordern.

7.

Am Samstagvormittag waren Ilona und Karina in der Prandaugasse damit beschäftigt, eine Adressenliste für die Versendung der Partezettel abzufassen, deren endgültigem Text freilich noch der Begräbnistermin fehlte.

Mertens hatte sich gleich nach dem Aufwachen nach Tante Sofie erkundigt.

„Ärlaucht möchte Sie dringänd sprächän, Herr Major", hieß es am Telefon. „Abär pärsönlich, natürlich."

Also stieg Mertens zehn Minuten später gegenüber der Börse in den D-Wagen. Beim Queren des Schwarzenberg'schen Ehrenhofs sah er dann Agnes an einem Fenster von Sofies Wohnung stehen und nach ihm Ausschau halten. So wartete sie bereits in der geöffneten Tür, als er in den 1. Stock kam.

„Die Nacht ist wiedär schlächt gäwäsän, ischtänäm. Aber immär, wänn Sie da sind, gäht äs Ärlaucht bässär."

Mit Nachdruck sagte Mertens:

„Ich muß jetzt endlich mit dem Arzt sprechen."

„Das hat Ärlaucht abär verbotän."

Worauf Mertens meinte:

„So? Na, wir werden sehen, ob er sich bei mir daran halten wird. Wer ist es denn?"

„Ischtänäm, das darf ich nicht sagän, Härr Major!"

„Wo bleibst du, verdammt!", hörte man Sofie aus dem Schlafzimmer rufen, dessen Türe nur angelehnt war.

Mertens eilte hinein. Wieder stand eine wieder andere wieder sehr junge Pflegerin auf, grüßte und verließ das

Zimmer. Sofie Mayersberg deutete seinen Blick richtig und beantwortete seine nicht gestellte Frage:

„Die Mädchen wechseln alle drei Stunden. Das hält jede gut genug aus, um zu mir freundlich zu bleiben. Und ich will nur Junge um mich haben, keine diktatorischen alten Dragoner. Setz dich."

Mertens gehorchte und fragte:

„Wie geht es dir heute?"

„Wie schon. Es wird nicht mehr besser."

Mertens bewunderte die Gelassenheit, mit der sie das sagte. So kam er zum Grund seines jetzigen Besuches:

„Du wolltest mich sprechen?"

„Zieh bei mir ein."

„Wie bitte?"

„Nicht meinetwegen", erklärte Sofie. „Aber wenn du hier wohnst, wenn ich sterbe, geht der Mietvertrag auf dich über. Das hab' ich mir mit Hausherrenzustimmung vertraglich zusichern lassen."

Mertens dachte, Tante Sofie müsse außerordentlich gute Beziehungen zum Hausherrn haben, und fragte:

„Wirklich? Aber warum?"

„Weil es wahnsinnig angenehm ist, hier zu wohnen, dummer Bub! In dieser zentralen Lage, mit dem gepflegten Restaurant- und Bar-Betrieb vom Hotel nebenan, mit dem Parkplatz, mit dem riesigen Park ..."

Sofort an Ilona denkend, erklärte Mertens:

„Meine Verlobte hat meinetwegen ihre Villa aufgegeben und eine Penthouse-Maisonette angeschafft! Ich kann es ihr nicht antun, anderswohin zu ziehen!"

Sofie erwiderte nur:

„Sieh sie dir an, diese Wohnung. Die ist bestimmt auch für deine Frau gut genug. Sieben Zimmer mit Nebenräumen. Mach schon! Agnes soll dich herumführen.“

So besichtigte Mertens das riesige Wohnzimmer, das Eßzimmer, die Bibliothek, das zweite Schlafzimmer mit zweitem Bad, die Küche, das Wirtschaftsoffice, das von Agnes bewohnte Gästezimmer mit drittem Bad, und das Dienerzimmer mit Dusche von John.

Als Mertens zu Sofie zurückkam, war sie eingeschlafen. Heute abend, dachte er, erzähle ich Ilona von Tante Sofies Existenz. Aber von dem ganzen Drum und Dran will ich keinesfalls sprechen. Folglich wäre es vielleicht doch besser, die plötzlich aufgetauchte Verwandtschaft überhaupt noch nicht zu erwähnen.

Da läutete sein Handy. Ilona meldete sich: Karina habe vorgeschlagen, schon morgen, Sonntag, in Charlottes Wohnung solche Sachen auszusortieren, die mit Bestimmtheit wegzugeben wären – an die Caritas zum Beispiel. Dafür hätte Karina unter der Woche so gut wie keine Zeit. Ilona wiederum sei froh, wenn sie solche Beschäftigung bald hinter sich bringen könne. Ob Kläuschen etwas dagegen habe?

„Natürlich habe ich nichts dagegen, mein Liebes. Dann kann ich morgen einen Krankenbesuch machen, bei einer ganz unvermutet aufgetauchten Cousine meiner Mutter.“

„Wie schön für dich! Ich habe ja leider überhaupt keine Verwandten. Das heißt, es tut mir natürlich leid, daß die Dame krank ist.“

„Vielen Dank. Es ist übrigens möglich, daß es morgen den ganzen Tag dauert, was ich mit ihr und für sie zu tun habe.“

Den letzten Satz sprach Mertens aus dem spontanen Entschluß, Tante Sofies Wunsch zu erfüllen und gleich morgen vorläufig zu ihr zu ziehen. Damit wäre ja nichts verhackt – er konnte trotzdem jederzeit in der Liechtensteinstraße oder bei Ilona übernachten.

„Das trifft sich wunderbar! Da kann ich morgen mit Karina alles in Ruhe durchsehen, ohne deinetwegen ein schlechtes Gewissen zu haben. Und jetzt alles Gute, bis zum Abend, Kläuschen."

Diesen Abend, den Abend ihres geplatzten Heiratstages, verbrachten Mertens und Ilona nach dem Nachtmahl in der Prandaugasse mit dem Austausch dankbarer Erinnerungen an Charlotte Suttenberg. Dazu gehörte auch, daß sie Gin Tonic tranken. Im Hintergrund ließ Ilona CDs mit Brahms-Symphonien laufen.

Natürlich wurde auch Charlottes Tod von allen Seiten erörtert, und wie es gelingen könnte, den Täter auszuforschen.

Wenn es ein *geplanter Raubmord* war, mußte geklärt werden, wer davon wußte, daß Charlotte die Saliera-Kopie bei sich hatte, als sie nach Hause kam. Das heißt, wer wußte, daß sie eigens deswegen, und genau vorgestern nach Perchtoldsdorf gefahren war. Beginnend mit: wer es wem erzählt hatte. Und allenfalls schließlich, wer als konkreter Interessent hinter der ganzen Sache stecken konnte.

War es *kein geplanter Raubmord*, war die Lösung des Falles noch schwieriger. Denn mangels eines auf der

Hand liegenden Motivs war vollkommen unklar, wo die Recherchen ansetzen sollten. Das heißt – war es *geplanter Mord* (mit ungeplantem Raub), kam es natürlich ebenso darauf an, wer wußte, wann Charlotte vorgestern nach Hause kommen würde. Und wer ein Motiv hatte (welches?), sie zu töten. Weder Ilona noch Mertens konnten sich ein solches vorstellen, würden aber beide darüber nachdenken.

War schließlich der Mord insgesamt *ungeplant* gewesen, also eine Tat im Affekt (worauf?), oder die Zufallstat eines Irren, dann tappte man jedenfalls vorläufig vollends im dunkeln, was eine Spur zum Täter betraf.

So überlegten sie hin und her, ohne irgendein anderes Thema anzuschneiden.

Kurz vor Mitternacht brach Mertens dann auf, um die letzte U1 zu erreichen. Er fuhr in seine Wohnung, und heftiger als je zuvor wurde ihm bewußt, wie unbeschreiblich stark er daran hing. Denn als er seine Frau verloren hatte, war er wieder hierher zu seiner Mutter gezogen. Folglich steckte dieses Domizil voller Erinnerungen an sie und an ihre letzten Lebensjahre.

So überkam Mertens der Wunsch, diese Wohnung zu behalten, egal, wo er selbst künftig wohnen würde. Denn die quasi vom Himmel gefallene Apanage von dreitausend Euro monatlich gestattete ihm ohne weiteres, sich diese Sentimentalität zu leisten.

Dies war das erste Mal, daß Mertens die Änderung seiner finanziellen Lage als Faktum realisierte und entsprechend ins Kalkül zog. Zum ersten Mal wurde ihm aber nun auch unangenehm bewußt, daß er immer noch keine Gelegenheit hatte, Ilona alles zu erzählen.

Am Sonntagmorgen nach dem Frühstück schrieb Mertens zunächst die Gedanken in sein Notebook, die er und Ilona sich zum Tod Charlotte Suttenbergs gemacht hatten und die er morgen mit Oberkommissar Ogris erörtern wollte.

Dann rief er bei Tante Sofie an und bestellte John mit Sofies Wagen – einem Rolls Royce, wie sich zeigte – für zehn Uhr zu sich in die Liechtensteinstraße, um den Umzug durchzuführen.

Die Übersiedlung war einfach zu bewerkstelligen, befand sich doch der Großteil seiner Sachen bereits in der Prandaugasse.

Alles aber, was als für Mertens bis zuletzt tagtäglich wichtig in der Liechtensteinstraße geblieben war – wie vor allem Kleidung, Wäsche, Badezimmerutensilien, Bücher, CDs, Wecker, Schlafzimmerradio – wurde nun mit John in drei Fahrten in Tante Sofies Wohnung gebracht.

Wobei Mertens allerdings je eine Garnitur Tages- und Nachtkleidung, Reisewecker, Reise-Rasierapparat sowie ein Set all jener Dinge in der Liechtensteinstraße beließ, die er gern da haben würde, wenn er wieder einmal aus dienstlichen Gründen oder warum auch immer dort übernachten wollte.

Zwischen den Fahrten setzte sich Mertens jeweils an Tante Sofies Bett, die dies hochzufrieden wahrnahm und dann immer wieder rasch einschlief.

Sobald dies geschehen war, räumte Mertens mit Agnes' und Johns Hilfe die aus der Liechtensteinstraße mitgebrachten Sachen ein, teils in dem zweiten Schlafzimmer, teils in dem dazugehörigen Badezimmer, teils aber auch im Wohnzimmer und in der Bibliothek, wo Agnes inzwischen dafür Platz geschaffen hatte.

„Danke, Agnes, daß ich mich hier einrichten kann und nicht aus meinen Koffern leben muß."

„Ischtänäm, das wärä doch viel zu ungämütlich, Härr Major!"

„Stimmt. Drum bin ich ja so froh, daß es anders ist."

Nun stellte John die Frage:

„Um wieviel Uhr soll ich Sie morgen früh ins Büro fahren, gnädiger Herr?"

„Erstens: Danke, John, ich nehme den D-Wagen, wie immer. Niemand darf mich mit Rolls Royce und Chauffeur sehen. Zweitens: Sag nicht gnädiger Herr."

John erklärte:

„Das muß ich aber. Ihre Erlaucht ließ sich das von mir versprechen."

„Wieso nicht Ärlaucht, ischtänäm, und nicht Härr Graf?", fragte Agnes verwundert. „Mann meinigäs hot immär gäsogt, durch Adoption bäkommt man auch solchä Titäl!"

„Nicht in einem Land, wo der Adel abgeschafft ist", entgegnete Mertens.

„Aber, Härr Major, zu Ärlaucht sagän wir doch Ärlaucht, ischtänäm, bis an ihr Läbänsändä!"

„Das ist etwas anderes", erklärte Mertens. „Das ist in vielen alten Adelsfamilien privat Usus geblieben. Aber ich, als quasi Frischg'fangter – wie mein Oberkommissar Ogris sagen würde –, ich bin heilfroh, daß John mich nicht so nennen muß!"

Worauf John bekräftigte:

„Weil das nicht geht, hat auch Ihre Erlaucht gemeint. Aber gnädiger Herr, meinte sie, das geht. Ich darf es bloß nie sagen, wenn jemand von Ihrem Beruf dabei ist."

Durch diese Mitteilung beruhigt, sagte Mertens:

„Also dann, meinetwegen."

„Danke, gnädiger Herr. Auch dafür, daß Sie mich duzen."

„Das wiederum mußte i c h Tante Sofie versprechen! Als ich vorhin an ihrem Bett saß. Damit du dich auch bei mir zu Hause fühlst."

Gerührt bemerkte Mertens, wie sehr John sich über diesen Beweis des Wohlwollens seiner Dienstgeberin freute. Inzwischen fragte Agnes:

„Wärdän Sie sich jetzt nicht zur Ruhä sätzän, Härr Major? Mann meinigäs hot immär gäsogt: Lebän wird erst schön, wenn Arbeit nicht mähr nötig!"

Mertens widersprach sofort vehement:

„Für mich bleibt Arbeit immer nötig. Jedenfalls solange ich gesund bin."

„Abär gibt es nicht ongänähmärä Arbeit, ischtänäm, als Mördär entlarvän?"

Worauf Mertens antwortete:

„Angenehmere vielleicht, aber keine wichtigere! Für mich jedenfalls. Seit Bankräuber meine Frau erschossen haben, vor fünfzehn Jahren ..."

Bestürzt sagte Agnes:

„Das tut mir abär leid! Das habä ich nicht gäwußt – da hat Mann meinigäs noch gäläbt, ischtänäm. Und da bin ich noch nicht bei unsärär Ärlaucht gäwäsän."

Abends berichtete Mertens seiner Ilona telefonisch von dem vorläufigen Umzug. Er tat dies aber, ohne Sofies Hausnummer am Rennweg zu nennen und ohne das sonstige Drum und Dran zu erwähnen.

Er machte sich nicht klar warum, aber damit wollte er jetzt auf einmal warten, bis zur Vereinbarung eines neuen Hochzeitstermins.

8.

In der Nacht von Sonntag auf Montag erlitt Sofie Mayersberg wieder einen ihrer Herzanfälle. Die bei ihr wachende Pflegerin rief sofort den Arzt. Als er kurz vor Mitternacht da war, weckte sie Mertens, der vor dem Schlafengehen für den Ernstfall darum gebeten und nun Gelegenheit hatte, mit dem Kardiologen zu reden.

So erfuhr er, daß Sofie sich schon vor einem Jahr vehement jeden chirurgischen Eingriff verbeten habe, wie etwa die Einsetzung eines Herzschrittmachers. Schon lange sei sie Mitglied einer Vereinigung, die bei betagten Todkranken alle lebensverlängernden Maßnahmen ablehne. Dies sei durch die vorgeschriebenen Urkunden in vorgeschriebener Weise belegt, was ihn, den Arzt, zu entsprechendem Verhalten verpflichte. Sofie Mayersberg wünsche und bekäme lediglich Mittel zur Schmerzbekämpfung und zur Vermeidung eines qualvollen Todes, wie das in Hospizen üblich und erlaubt sei.

Da ihre finanziellen Mittel es gestatteten, wolle Sofie Mayersberg aber nicht in einem Hospiz ihr Ende abwarten, sondern in ihren gewohnten eigenen vier Wänden. Hier wehre sie sich mit Händen und Füßen gegen alles, was in den natürlichen Lauf der Dinge eingreife und ihren Tod hinauszögere, sei es auch nur um eine Viertelstunde.

Mertens nahm nicht nur zur Kenntnis, was der Arzt ihm berichtete, sondern brachte dafür auch vollstes Verständnis auf. Wollte er doch für sich das gleiche.

Wieviel Zeit Tante Sofie wohl noch habe? Das sei mit Sicherheit nicht vorhersagbar. Es könne noch Wochen dauern, könne aber auch ganz plötzlich aus sein.

Pünktlich um acht Uhr war Mertens in seinem Büro. Fünf Minuten später traf ein Fax ein, mit dem die Leiche Charlotte Suttenbergs zur Beerdigung freigegeben wurde. Das Fax trug den Vermerk gleichzeitiger Benachrichtigung von Karina Kersten, mit der Aufforderung, die Gegenstände zu beheben, die bei der Toten vorgefunden worden waren.

Mertens verständigte Ilona, die sich ihrerseits teilnahmsvoll nach dem Befinden von Tante Sofie erkundigte.

„Wir reden abends darüber, Liebes. Ich hoffe, um sieben bei dir zu sein."

„Okay, Kläuschen, bis dann."

Nun ging Mertens mit Ogris alle Fakten durch, die sie bis jetzt im Mordfall Suttenberg ermittelt hatten. Wobei sich diejenigen, die für Raubmord sprachen, mit den gegenteiligen die Waage hielten.

Selbstverständlich war die Saliera-Kopie nur einen Bruchteil des Originals wert, das mit 50 Millionen Euro beziffert worden ist. Aber wer immer mordete oder morden ließ, um in den Besitz des nachgemachten Stückes zu gelangen, für den war es ganz unschätzbar wertvoll. Und das galt genauso, wenn das Kunstwerk nur genommen wurde, um das wahre Mordmotiv zu vertuschen.

In jedem Falle mußte so bald wie möglich geklärt werden, wer von Charlotte Suttenbergs Saliera-Transportfahrt wußte und ob es jemanden gab, der ein anderes Motiv als den Besitz der Saliera-Kopie gehabt haben könnte, Charlotte Suttenberg zu töten.

Deshalb rief Mertens Ilona nochmals an:

„Wir brauchen deine Hilfe, mein Liebes. Wir müssen herausfinden, wer aus dem riesigen Bekanntenkreis von Charlotte Suttenberg wußte, daß es die Saliera-Kopie gab, und wer vielleicht einmal Interesse daran geäußert hat."

„Das kann ich aus dem Stegreif nicht sagen. Ich weiß nicht, ob überhaupt. In Erinnerung ist mir da gar nichts."

„Deine Tante hat doch bestimmt eine Adressenliste ihrer Freunde und Bekannten gehabt. Könntest du uns die beschaffen?"

„Ich habe sie hier, seit der Partezettel-Versendung. Soll ich dir die Liste bringen? Ich muß um zehn Uhr sowieso im XY-Verlag sein – die haben erfahren, daß ich hier geblieben bin."

„Ja, bitte. Und ich würde die Liste gerne gleich mit dir durchgehen. Um alle zu streichen, die deines Wissens bestimmt nicht zum Kreis der Eingeweihten gehören."

„Ich bin schon unterwegs, Kläuschen."

Zwanzig Minuten später war Ilona da. Mertens ließ die Liste kopieren, die sie mitbrachte. Während sie darauf warteten, sagte Ilona:

„Auf dem Weg hierher ist mir plötzlich eingefallen, daß Tante Charlotte vielleicht aus Rache getötet wurde."

„Du meinst, von einem, den ich mit ihrer Hilfe als Mörder entlarvt habe? Daran habe ich auch schon gedacht. Aber erstens sind die alle noch hinter Gittern. Das wurde schon gecheckt."

Ilona war froh, keinen zu dummen Gedanken gehabt zu haben, und dankbar, daß Mertens der Sache bereits nachgegangen war. Nun fragte sie:

„Und zweitens?“

„Zweitens glaube ich, daß keiner von ihrer Mitwirkung erfahren hat. Wenn aber doch, dann …“

Ilona fiel Mertens ins Wort:

„Dann wurde vielleicht ein schon entlassener Zellenkumpan angestiftet! Oder ein Verwandter!“

Wieder kam die beruhigende Antwort von Mertens:

„Du hast recht! Da gibt's viele Möglichkeiten! Und wir dürfen keine außer acht lassen!“

„Keine, ja bitte!“

„Gut. Ich werde feststellen lassen, wer die in Betracht Kommenden im Gefängnis besucht hat. Und welcher Freigelassene mit einem von ihnen dort zusammen gesessen hat.“

Ilona sah auf die Uhr und stellte bedauernd fest:

„Jetzt muß ich aber in die Stadt. Ich will mich nicht verspäten bei XY.“

„Natürlich nicht. Danke für dein Kommen. Und für die Besprechung im Verlag wünsche ich dir toi, toi, toi!“

Mertens setzte Ermittlungen in alle Richtungen in Gang. Abends konnte er beruhigt zu Ilona fahren – alles denkbar Nötige war veranlaßt.

Beim Aperitif, der an diesem lauen Abend auf dem Dachgarten eingenommen werden konnte, berichteten sie einander nur in groben Zügen, wie sie die Zwischenzeit verbracht hatten: Mertens mit seinen Aktionen im Büro, Ilona erst bei XY – wo sie sich zwei Tage Bedenkzeit erbeten habe –, danach bei Karina, um auf deren Bitte die Gegenstände abzuholen, die Charlotte Suttenberg zuletzt bei sich hatte.

„Ich habe den versiegelten Plastiksack aber bis jetzt nicht geöffnet. Ich wollte unbedingt, daß du dabei bist. Dann verliere ich vielleicht die Scheu davor. Jedenfalls möchte ich damit auch jetzt noch ein bißchen warten, wenn's dir recht ist. Ich weiß zwar, wie dringend du wissen willst, was in der Handtasche ist, aber trotzdem, bitte …"

Mertens hatte für Ilonas Zögern volles Verständnis. So gedachten sie wieder eine Weile Charlottes, tranken langsam ihren Aperitif und gingen ins Eßzimmer.

Dorothea servierte Charlottes Lieblingsessen: Rindsuppe mit ganz flaumigen Grießnockerln, Tafelspitz mit Kartoffelschmarren, Apfelkren, Schnittlauchsauce und Cremespinat (ohne Knoblauch), zum Schluß ausgezogenen Kirschenstrudel.

Das wohlverdiente Lob genoß Dorothea genau so, wie Ilona und Mertens die Speisen genossen.

Nach dem Essen setzten sich die beiden ins Wohnzimmer, wo auf einem Beistelltisch der Plastiksack lag, den zu öffnen Ilona so lange wie möglich hinausschieben wollte.

So berichtete Mertens zunächst einmal, was die bisherigen Vernehmungen ergeben hatten:

„Elisabeth Manhart wußte, daß Charlotte Suttenberg am Donnerstag das Hochzeitsgeschenk für dich geholt hat. Nur, was das war, weiß sie nicht, sagt sie."

„Das glaube ich sofort. Tante Charlotte hat ihr das bestimmt nicht auf die Nase gebunden. Soviel ich weiß, soll Frau Manhart ziemlich schwatzhaft sein."

Das konnte Mertens nur bestätigen:

„Den Eindruck hatte ich auch. Fast keine Antwort war kurz. Aber jetzt, mein Liebes, bitte zu der Handtasche. Ich muß nämlich bald zu Tante Sofie und möchte vorher unbedingt …"

„Natürlich, Kläuschen. Danke, daß du so lange gewartet hast."

Ilona griff nach dem Plastiksack und reichte ihn Mertens.

„Bitte, mach du ihn auf, und gib mir die Handtasche."

Mertens tat, worum Ilona gebeten hatte, nahm die Handtasche heraus und stellte sie auf den Couchtisch, bei dem die beiden saßen. Ilona atmete einmal tief durch, dann zog sie die Handtasche auf ihren Schoß und öffnete sie.

Zuerst schaute sie eine Weile bewegungslos auf den Inhalt, ohne etwas anzurühren. Dann nahm sie langsam Stück für Stück heraus und legte alles auf den Tisch – Brieftasche, Wagenpapiere, Führerschein, Autoschlüssel, Taschentuch, Kamm, Lesebrille, Wohnungsschlüssel Opernring, Schlüssel Perchtoldsdorf, und zuletzt einen zusammengelegten Din-A4-Briefbogen.

Ilona entfaltete ihn und las folgenden gedruckten Text:

Verkaufen Sie mir Ihre Saliera-Kopie! Falls nicht, werden Sie das bereuen! Ich erwarte Sie samt Saliera am Donnerstag vor Ihrer Wohnung.

Ein Freund alles Schönen

Ilona reichte Mertens das Papier:

„Der Täter hat nichts herausgenommen, er hat etwas hineingelegt! Sieh dir das an!"

Als Mertens die Zeilen gelesen hatte, sagte er:

„Ich werde mich erkundigen, ob auch der Tascheninhalt auf Fingerabdrücke untersucht wurde. Auf diesem Papier sind garantiert – außer jetzt auch unseren – nur die Fingerabdrücke des Täters."

Worauf Ilona sofort sagte:

„Bestimmt! Der hat das erst nach der Tat hineingesteckt! Tante Charlotte hätte jedenfalls von diesem Brief gesprochen, wenn sie ihn schon gehabt hätte, als sie an dem Vormittag hier war. Und überhaupt, dann hätte sie doch für Verhaftung des Erpressers vor ihrer Wohnung gesorgt, statt ihm dort schutzlos in die Arme zu laufen!"

„Ganz meine Meinung. Der Brief dient nur der Irreführung."

Es war 22 Uhr vorbei, als Mertens das Vorzimmer von Sofie Mayersbergs Wohnung betrat, für die er nun Schlüssel besaß. John und Agnes hatten in der Küche gewartet und kamen sofort heraus.

„Guten Abend. Wie geht es Tante Sofie?"

„Unvärändärt, Herr Major. Ärlaucht schläft fast dän ganzän Tag, ischtänäm, und wänn sie aufwacht, fragt sie nach Ihnän."

Mit etwas schlechtem Gewissen erklärte Mertens:

„Es tut mir leid, daß ich nicht früher hier sein konnte.

Aber ich mußte nach der Arbeit meiner Verlobten ein bißchen beistehen."

„Ärlaucht meint, Sie solltän Ihrä Braut mitbringän, hierhär. Wir könntän uns um sie kümmärn."

Mertens wehrte sofort ab:

„O nein, das ist nicht nötig. Ilona Bergmann ist sehr beschäftigt und wird von ihrer Wirtschafterin betreut. Was sie von mir braucht und bekommt, kann ihr niemand anderer geben, Gott sei Dank!"

Nun sagte John:

„Ich glaube, gnädiger Herr, ihre Erlaucht möchte Frau Bergmann einfach gern kennen lernen."

Worauf Mertens klarstellte:

„Aber ich möchte das vorläufig nicht, John. Frau Bergmann hat gerade ihre mütterliche Freundin verloren. Durch Mord. Donnerstag ist das Begräbnis. Jetzt will ich sie nicht vorher auch noch an das Bett einer Schwerkranken führen. Verstehen Sie das?"

„Gewiß, gnädiger Herr."

Agnes ergänzte mitfühlend:

„Für Sie ist das abär auch nicht leicht, ischtänäm, Härr Major! Sie habän die ermordätä Damä sichär gut gäkannt, nicht wahr?"

„Allerdings, Agnes. Gut gekannt und sehr verehrt. Halten Sie die Daumen, daß wir den Mörder finden!"

Eifrig versicherte Agnes:

„Mach ich, Härr Major. Du auch, John!"

„Selbstverständlich, Agnes!", beteuerte dieser.

Worauf Agnes zufrieden erklärte:

„Gut so. Mann meinigäs hot immer gäsogt: Wänn man ätwas fäst genug wünscht, dann äs gäht in Ärfüllung!“

John machte ein etwas zweifelndes Gesicht und fragte:

„Wie weiß man, ob es fest genug ist?“

„Gonz einfach, ischtänäm“, lautete Agnes’ Antwort, „wänn ist in Ärfüllung gägangän!“

9.

Dienstag berichtete Mertens seinem Oberkommissar Ogris von dem Drohbrief. Der Rest des Tages verlief mit Aktenkram und Büroroutine.

Zwei Anrufe in der Wohnung Rennweg 2 ergaben jeweils, daß Tante Sofie immer nur kurze Zeit wach und ihr Zustand insgesamt stabil sei.

So fuhr Mertens am Abend gegen sieben wieder zu Ilona Bergmann in die Prandaugasse.

Dort waren Berge von Kondolenzschreiben eingetroffen, die beantwortet werden mußten. Was Ilona zwar mit keinem lachenden, aber doch mit nur einem weinenden Auge tat. Denn sie war dankbar für die warme Anteilnahme so vieler Leute, die alle zum Ausdruck brachten, wie sehr sie Charlotte Suttenberg gemocht hatten.

Auch zahlreiche abendliche Anrufe bezeugten das. Da diese außerdem geruhsame Zweisamkeit verhinderten, stimmte Ilona, wenn auch bedauernd, zu, daß Mertens sich früher als sonst verabschiedete. Denn über Nacht wollte er sowieso wieder nicht bleiben, mußte er doch auch noch nach Tante Sofie sehen.

Den Mittwochvormittag verschlief Sofie Mayersberg mit zwei Pflege-Unterbrechungen so gut wie ganz.

„Wänigstäns hot Ärlaucht keinä Schmärzän. Dos ist dos Wichtigstä, ischtänäm“, meinte Agnes dazu bei ihrem telefonischen Mittagsbericht.

Mertens nahm dies teils beruhigt, teils beunruhigt zur Kenntnis. Vielleicht würde Tante Sofie gar nicht mehr richtig aufwachen? Vielleicht bliebe ihm die erhoffte Möglichkeit versagt, eine nähere Beziehung zu ihr aufzubauen? Und mit ihr über seine Mutter zu sprechen? Dinge aus ihrer Jugend zu erfahren, von denen er nichts wußte? Und umgekehrt Sofie beizubringen, was für ein großartiger Mensch seine Mutter gewesen war?

So verließ Mertens das Büro ausnahmsweise schon um 16 Uhr. Als er zu Sofie kam, war der Arzt gerade gegangen. Der hatte ihr neuerlich Schmerzstillendes verabreicht, sodaß sie ganz friedlich und ganz fest schlief. Bis 22 Uhr würde das mindestens vorhalten, berichtete Agnes. Bei Bedarf würden dann die Nachtpflegerinnen das Nötige veranlassen.

Überzeugt davon, hier nichts für Sofie tun zu können, fuhr Mertens per U1 vom Karlsplatz nach Kagran. Unterwegs dachte er unausgesetzt an die Kranke. Da ihm immer mehr bewußt wurde, daß es mit ihr doch schon jetzt dem Ende zu gehen könnte – das hieß also: noch vor seiner Hochzeit –, wurde ihm auch klar, daß er Ilona dann sofort alles von Sofie würde erzählen müssen. Unerklärlicherweise war ihm dies peinlich.

Und so kamen ihm wieder die beiden Videos in den Sinn, die ihm wenigstens den Anfang erleichtern sollten.

In Kagran ausgestiegen, war Mertens nach drei Minuten in der Wohnung Prandaugasse 5. Nach beiderseits liebevoller Begrüßung – wobei Ilona über sein außergewöhnlich frühes Kommen besonders erfreut war – berichtete Ilona, daß sie den Vertrag mit XY unterschrieben habe.

Mertens gratulierte herzlich, dann sagte er:

„Mit Tante Sofie steht's leider nicht zum besten. Ich könnte eine kleine heitere Ablenkung gebrauchen. Schaust du dir mit mir ein oder zwei alte Videos an?"

„Gerne, Kläuschen."

„Fein, ich hol gleich die Kassetten", sagte Mertens und ging in das als sein künftiger Arbeitsraum eingerichtete Zimmer. Dort stand die Stellage mit den Videos, die Ilona und Dorothea seinem Verzeichnis entsprechend eingeräumt hatten.

So fand Mertens die beiden gesuchten Videokassetten auf Anhieb und ging damit ins Wohnzimmer.

„Was möchtest du zuerst sehen? *Let's make love* mit der Monroe, oder *Hände wie Samt* mit Adriano Celentano?"

„O, ich liebe *Let's make love*! Aber ich möchte erst das andere sehen. Das kenn' ich nicht."

So legte Mertens die *Hände-wie-Samt*-Kassette in den Recorder und setzte sich dann neben Ilona, die per Fernbedienung den Film startete.

Darin wird ein Reicher – zunächst ohne sein Zutun – von einer Taschendiebin für Ihresgleichen gehalten. Sobald er allerdings kapiert, daß ihre Liebe nicht anders zu gewinnen ist, macht er mit ihr gemeinsame Sache (bei heimlicher Entschädigung der Bestohlenen). Als seine wahre Identität auffliegt, sperrt sie sich eine Weile gegen das Happy-End.

Gerade als der Film aus war, meldete Dorothea, das Abendessen sei angerichtet. Mertens und Ilona standen auf und gingen ins Eßzimmer. Dabei fragte Mertens:

„Wie hat dir die Geschichte gefallen?"

„Gut natürlich. Allerdings kommt in dem Film für meinen Geschmack etwas zu viel Klamauk vor."

Sie setzten sich zu Tisch. Es gab Schinkenfleckerln, die mit viel Käse und Eiern gratiniert waren, und Häuptelsalat.

Ilona und Mertens aßen eine Weile schweigend, denn Dorotheas Schinkenfleckerln waren eine große Köstlichkeit. Ab und zu trank jeder einen Schluck Bier.

Heute wurden die beiden während des Nachtmahls durch kein Telefonat gestört. Mertens hatte schon beinahe aufgegessen, als er das Gespräch fortsetzte:

„Was sagst du zu der Reaktion des Mädchens auf die Entdeckung, daß er reich ist?"

„Es ist doch nicht die Entdeckung, daß er reich ist, sondern daß er ihr etwas vorgemacht hat. Allerdings ..."

Ilona trank ihr Glas aus – ihr Teller war bereits leer.

„Allerdings was?", fragte Mertens.

„Allerdings mußte die dumme Kuh ihn ja ein paar Mal daran hindern zu reden, als er ihr die Wahrheit sagen wollte."

Mertens fragte:

„Ist sie deswegen eine dumme Kuh?", und aß auf, während Ilona antwortete:

„Nicht wirklich, natürlich. Der Drehbuchautor hat es so vorgesehen, um Spannung und Film zu verlängern. Willst du noch Schinkenfleckerln?"

„Nein, vielen Dank, ich hatte mehr als genug. Aber jetzt möchte ich eines wissen ..."

Mertens brach ab, er brauchte einen längeren Anlauf.

„Was möchtest du wissen, Kläuschen?"

„Wie würdest du reagieren, wenn ich plötzlich ..."

Da läutete das Telefon. Friedrich Kersten meldete sich zurück aus New York und bedankte sich bei Ilona für alles, was sie inzwischen an seiner Stelle nach Charlottes Tod veranlaßt und getan hatte.

„Nicht der Rede wert, Friedrich. Das ist mir schließlich ein ganz selbstverständliches Bedürfnis gewesen. Jetzt leg dich rasch hin – Jetlag und so. Wir sehen uns ja morgen. Leider. Leider meine ich natürlich bloß wegen des Anlasses."

„Ich weiß, Ilona. Das Begräbnis wird für dich bestimmt noch viel schlimmer sein als für Karina und für mich – du bist ja mit Tante Charlotte viel inniger verbunden gewesen. Aber wir fühlen mit dir, sei versichert!"

„Vielen Dank, Friedrich. Bis morgen also."

Mit dem Begräbnis so unmittelbar vor Augen war es vorbei mit einer Wiederaufnahme des vorigen Gesprächs und Mertens' Vorhaben, von Tante Sofies Drumherum zu erzählen. Denn Ilona war wieder ganz von Trauer erfüllt und sagte:

„Sei nicht böse, ich tauge heute abend zu nichts mehr."

So verabschiedete er sich rasch mit einem innigen Gutenachtkuß, den er abbrach, bevor er leidenschaftlich geworden wäre. Und nicht ganz unfroh über die Verschiebung der Mitteilung, die er hatte machen wollen, fuhr Mertens zu seiner vorläufigen neuen Bleibe, Rennweg 2.

John und Agnes waren noch auf, und Mertens bat um seinen Lieblingsdrink, Irish Whiskey ohne Eis. Während er darauf wartete, stellte Agnes ihm eine Schüssel Salzmandeln hin und fragte teilnahmsvoll:

„Sind Sie weitär gekommän mit Ihräm Mordfall?"

„Leider so gut wie gar nicht. Morgen ist das Begräbnis – vielleicht erfahren wir da etwas Neues."

John brachte das gewünschte Glas Whiskey. Mertens genoß den ersten Schluck. Dann ergänzte er:

„Morgen wird nämlich Friedrich Kersten da sein, ein Neffe von Frau Suttenberg. Vielleicht hat der eine Idee, wer der Mörder sein könnte."

„Also", sagte John zu Mertens' größter Überraschung, „bis gestern hatte Herr Kersten keine."

Sofort fragte Mertens:

„Sie kennen Friedrich Kersten? Und haben ihn gestern schon gesprochen?"

„Auch Donnerstagabend schon."

Mertens schüttelte energisch den Kopf:

„Das muß ein anderer Friedrich Kersten sein. Frau Suttenbergs Neffe ist erst heute aus New York gekommen."

„Nein, bitte, gnädiger Herr. Wir haben zusammen die Nachricht von dem Mord an seiner Tante in der ZIB 2 gehört. Vorigen Donnerstag. Bei Wächters. Friedrich Kersten kam an dem Tag aus London."

Ogris würde jetzt sagen: *Des is a Hammer* – dachte Mertens und stellte die evidenterweise rhetorische Frage:

„Dann ist er also gar nicht in New York gewesen?"

Worauf er von John zu hören bekam:

„Jedenfalls nicht in der letzten Woche. Die hat er bei Helene Wächter verbracht. Ich weiß das von ihrem Bruder. Mit dem bin ich immer in meiner Freizeit zusammen."

10.

Donnerstag früh machte John einen weiteren Versuch, Mertens zur Rolls-Royce-Fahrt zu überreden:

„Ich könnte Sie doch in der Nähe absetzen, gnädiger Herr. Und nachmittags dort wieder abholen."

„Nein, John, vielen Dank. In der Nähe meines Büros gibt's zu viele Leute, die mich kennen. Und nachmittags bin ich mit der U1 auf alle Fälle rascher in der Prandaugasse als mit dem Wagen."

John versuchte es nochmals:

„Dann könnte ich Sie doch wenigstens dort abholen, nachts."

„Nein, dafür gilt das gleiche. Niemand darf mich in diesem Gefährt und mit Chauffeur sehen."

„Ischtänäm, warum nicht, Härr Major?", kam Agnes John zu Hilfe. „Frau Bärgmann würdä sich bästimmt darübär freuän!"

Worauf Mertens erklärte:

„Nicht, bevor ich ihr alles erzählt habe. Und da ist bis jetzt leider immer etwas dazwischen gekommen."

„Das ist aber wirklich sehr schade, gnädiger Herr", kapitulierte John nun vor den Fakten.

Und Agnes wechselte das Thema:

„Schadä ist auch, daß Umbau von Schwarzänbärgplatz ist noch nicht färtig. Dauärt noch bis Mai, ischtänäm! Dann gibt's neuä Station von Tramway 71. Näbän Hochstrahlbrunnän, fast bei unsärä Rännwäg Nummär 2."

Mertens meinte dazu:

„Da werde ich zwar rascher hinkommen als über den Ehrenhof zum D-Wagen. Aber in den muß ich doch dann vom 71er auf jeden Fall umsteigen. Ich weiß nicht, ob das Zeit spart."

„Zeit vielleicht nicht, Ischtänäm, abär sähr vielä Schrittä!"

Im Büro wartete auf Mertens die Bestätigung seiner Vermutung, daß es keinen Fingerabdruck Charlotte Suttenbergs auf dem in ihrer Handtasche entdeckten Drohbrief gab. Sehr wohl aber solche des Täters, das heißt solche, wie sie auf der Perlenkette und auf der Außenseite der Handtasche gefunden worden waren.

Nun berichtete Mertens seine Neuigkeit:

„Friedrich Kersten war angeblich zur Tatzeit in Wien. Dabei glaubte ihn seine Tochter in New York, und bei Ilona Bergmann hat er sich gestern als gerade von dort zurückgekommen gemeldet."

„Is' der net Antiquitätenhändler?", fragte Ogris sofort.

„Ja, das ist er", bestätigte Mertens.

„Da hätt' er bestimmt Kundschaft für de Saliera, oder?"

„Leicht möglich. Im Ausland vor allem. Jetzt muß geprüft werden, ob er zur fraglichen Zeit tatsächlich hier gewesen ist. Und zwar in einer Wohnung gegenüber der Universität am Ring, nicht in seiner, in der Gußhausstraße."

Mertens zog den Zettel heraus, auf dem John die Adresse der Geschwister Wächter notiert hatte – Dr.-Karl-Lueger-Ring 10 –, und gab ihn Kommissar Wolfgang Bauer:

„Bitte mach das, Wolfi, während Kersten und wir beim Begräbnis sind. Und schick sofort ein SMS oder ruf mich an, wenn du die Antwort hast."

„Okay."

Das Begräbnis von Charlotte Suttenberg fand um 11 Uhr auf dem Perchtoldsdorfer Friedhof statt, in der Familiengruft der Suttenbergs.

Von den an die hundert Teilnehmern seien nur genannt:

Ilona Bergmann, Klaus Mertens und Ilonas Wirtschafterin Dorothea, Friedrich und Karina Kersten, Max Wimmer mit Ehefrau Edith, Oberkommissar Ogris, der auch ohne dienstliche Verpflichtung aus persönlichem Mitgefühl gekommen wäre, und Kommissar Rosenmayer, der einen allgemeinen Beobachtungsauftrag hatte.

Hinzu kamen Charlottes Hausmeister Fritz Weber vom Opernring, die Perchtoldsdorfer Bedienerin Josefa Schneider und der Perchtoldsdorfer Nachbar Emilio Santini. Etwas verspätet trafen dann Rudi Manhart samt Frau Elisabeth und Tochter Alice ein.

Der Sarg in der Aufbahrungshalle war von hohen Kerzenleuchtern, von Kränzen und Gestecken flankiert. Da Charlotte Brahms besonders liebte, gab es dessen „Deutsches Requiem" als liturgische Musik.

Die Trauerrede wurde von Friedrich Kersten gehalten. Dieser war jetzt 58, und immer noch schlank. Wie Mertens es von ihm in Erinnerung hatte, trug Kersten selbstverständlich auch heute Maßkleidung. Anders als vor drei Jahren jedoch rutschte ihm seine Brille nicht mehr ständig auf dem Nasenrücken nach vorne. Kersten hatte sichtlich Mühe, Tränen zu unterdrücken, als er sprach:

Tante Charlotte!
Die Ehre, diese Abschiedsrede zu halten, fällt mir zu, weil ich stets von all deinen Neffen der privilegierteste war – durfte ich doch Trauzeuge deines Mannes, meines Onkels Alfons Suttenberg, sein.
Das ist vor 34 Jahren gewesen.
Und während dieser ganzen Zeit habe ich, auch als Onkel Alfons längst von uns gegangen war, deine fürsorgliche und zuverlässige Freundschaft genossen.
Immer bist du eine äußerst sensible Realistin gewesen.
Das hat dich befähigt, zur Aufklärung mehrerer Kriminalfälle beizutragen. In einem derselben ist meine liebe Karina, und bin ich selbst beinahe zu Schaden gekommen.
So hoffen wir denn, daß du auch dort, wo du jetzt bist, ein Auge auf uns haben und uns beschützen wirst.
Wir werden dir immer ein dankbares Andenken bewahren!

Nach Abschluß der Zeremonien in der Aufbahrungshalle formierten sich die Trauergäste für den Gang zum Grab bei dem von sechs Trägern auf einem Fahrgestell plazierten Sarg.

Hinter den Ministranten und dem Priester gingen Friedrich Kersten, rechts von ihm Ilona Bergmann, links Karina.

Mertens reihte sich gleich hinter Ilona ein, denn auch er durfte sich zu den Charlotte Suttenberg persönlich Nahestehenden zählen, die vor den übrigen Teilnehmern folgten.

Obwohl Mertens mit Friedrich Kersten mehr als drei Jahre bekannt war, wollte er mit ihm kein persönliches Gespräch beginnen, bevor er Bauers Nachricht bekam. Was nicht weiter auffiel, weil Kersten dauernd von einer Unzahl Kondolierender umringt war.

Von 12 Uhr 30 bis 15 Uhr gab es in einem Perchtoldsdorfer Restaurant den Gedenkempfang, zu dem Ilona auch in Friedrich Kerstens Namen eingeladen hatte.

Dort vibrierte dann Mertens' Handy: Bauer meldete, Helene Wächter habe Friedrich Kersten am Donnerstag voriger Woche vom Flughafen Wien abgeholt, wo er um 9 Uhr 45 aus London kommend gelandet sei. Kerstens Nachmittagsprogramm an jenem Donnerstag kenne sie nicht, aber abends seien sie mit ihrem Bruder und dessen Freund zu Hause zusammen gewesen.

So sprach Mertens Friedrich Kersten nun an. Nachdem er sein Beileid ausgedrückt hatte, fragte er:

„Wie war's in New York?"

"Oh, Sie wissen davon? Natürlich, von Ilona. Danke, wie immer."

„Das wundert mich."

„Wieso? Sie meinen, nichts ist mehr, wie es vor Nine-Eleven war? Das stimmt natürlich."

„Ich meine, Sie sind jetzt überhaupt nicht in New York gewesen."

Friedrich erschrak und sah sich um. Als er Karina außer Hörweite entdeckte, sagte er:

„Bitte, Herr Major, Karina darf das nicht wissen. Ihnen erkläre ich gern alles, aber bitte nicht hier."

„Dann kommen Sie morgen um neun in mein Büro."

„Mach ich, danke."

Inzwischen sprach das Ehepaar Manhart mit Ilona, der sie zum ersten Mal persönlich begegneten. Wortreich entschuldigte sich Elisabeth Manhart dafür, daß sie zu spät gekommen waren. Artig antwortete Ilona:

„Rührend, daß Sie überhaupt gekommen sind."

Rudi Manhart, an die fünfzig, war neben seiner im weiten Kittelkleid aus grauem Tuch steckenden Frau ein fast hager wirkender Mann. Daß er als Sportredakteur viel im Freien unterwegs war, konnte man seiner gebräunten Haut ansehen. Der selbstbewußte Gesichtsausdruck spiegelte seinen allgemein bekannten beruflichen Erfolg. Er setzte zum Sprechen an, aber:

„Das ist doch selbstverständlich", sprudelte Elisabeth heraus und hätte bestimmt noch einen längeren Wortschwall von sich gegeben, wäre sie jetzt nicht sehr bestimmt von ihrem Mann unterbrochen worden:

„Elisabeth, bitte, wir wollen Frau Bergmann doch vor allem unser Beileid ausdrücken! Alles andere ist ganz unwichtig. Bitte, Frau Bergmann, nehmen Sie unser tiefstes Mitgefühl entgegen."

Ilona bedankte sich, dann sagte sie:

„Ich möchte übrigens morgen nachmittags mit Herrn Kersten in Tante Charlottes Haus kommen, um den Abtransport ihrer Möbel et cetera vorzubereiten."

„Bitte kommen Sie nur. Ich bin da – mein Mann natürlich nicht. Aber wenn ich Ihnen irgendwie helfen kann …"

„Das ist sehr liebenswürdig, doch nicht nötig. Ich werde die Bedienerin Josefa Schneider bitten, morgen eine Stunde dabei zu sein, um allenfalls stellvertretend die Transportarbeiter richtig anweisen zu können."

Sofort bot Elisabeth Manhart an:

„Das könnten ich und Alice doch auch übernehmen. Nicht wahr, Alice, wenn du da bist?"

Alice, siebzehn Jahre alt, blaß und zerbrechlich wirkend, schien ihre Mutter nicht gehört zu haben. Wie abwesend blickte sie in eine nicht vorhandene Ferne.

„Alice, was ist mit dir?", fragte Elisabeth und legte der Tochter die Hand auf die Schulter.

„Nichts, Mutter", kam es von Alice, „ich bin okay. Können wir jetzt gehen?"

Zu dritt verabschiedeten sie sich, und Ilona wandte sich anderen Trauergästen zu.

Edith Wimmer war gleich nach dem Begräbnis gegangen. Nicht so Max. Ilona bedankte sich nun bei dem großen, vierschrötigen, vielbeschäftigten Mann ganz speziell für sein Bleiben. Worauf dieser sagte:

„Wie hätte ich weggehen können? Das wäre echt schäbig gewesen! Bei meiner langjährigen Bekanntschaft mit Frau Suttenberg, durch meinen Kindheitsfreund Friedrich. Wie oft bin ich in Perchtoldsdorf und in Wien bei ihr zu Gast gewesen …"

„Verzeihen Sie, daß ich mich in das Gespräch einmische", sprach ein sportlich aussehender Mann Anfang vierzig Max Wimmer an. „Mein Name ist Emilio Santini."

Auch Mertens trat zu der Gruppe, gerade als Max Wimmer etwas erstaunt fragte:

„Weshalb, Herr Santini, wollen Sie sich einmischen?"

Ilona, der die Sache etwas peinlich war, erklärte schnell:

„Herr Santini ist Tante Charlottes Nachbar in Perchtoldsdorf. Das heißt, ich meine – gewesen."

„Ja also", begann Santini, „Sie sind doch der große Zeitungsmacher und Verleger Max Wimmer, nicht wahr?"

Etwas ungehalten antwortete Wimmer:

„Stimmt. Und?"

„Dann war das Ihr Maybach, den ich ab und zu am Schießgrabensteig gesehen habe."

Wimmers Ablehnung wuchs:

„Das glaube ich kaum. Warum fragen Sie danach?"

„Nicht böse sein", bat Santini. „Ich bin einfach ein passionierter Oldtimer-Fan."

Das stimmte Max etwas gnädiger, und er fragte:

„Wieso glauben Sie, daß es mein Maybach war?"

„Weil in den ORF-Seitenblicken einmal bei einer Oldtimer-Rallye berichtet wurde, daß weltweit außer Ihnen nur noch ganz wenige Leute einen Maybach fahren."

Jetzt mischte Mertens sich ein:

„Wann genau haben Sie den Wagen am Schießgrabensteig gesehen?"

„Im vorigen Jahr. Von Mai bis August, immer wieder."

„Interessant", sagte Wimmer. „Ich war das nicht. Frau Suttenberg hat mich schon lange nur noch in Wien eingeladen."

„Tante Charlotte hatte in Perchtoldsdorf überhaupt keine Gäste mehr", erklärte Ilona.

„Wo ist der Wagen denn gestanden?“, wollte Mertens wissen.

„Bei Frau Suttenbergs Grundstück“, sagte Santini. „Nur deswegen habe ich doch Herrn Wimmer angesprochen, als er vorhin sagte, er sei oft bei Frau Suttenberg zu Gast gewesen.“

Mertens vergewisserte sich, keine unerwünschten Zuhörer zu haben, ehe er sagte:

„Wissen Sie, wem die Besuche galten?“

„Keine Ahnung. Darauf habe ich nicht geachtet. Mir ist immer nur der Wagen aufgefallen.“

„Gar nichts sonst?“, stieß Mertens nach.

„Gar nichts sonst. Das heißt ...“

„Haben Sie doch noch etwas bemerkt?“, fragte nun Wimmer.

„Ja, jetzt erinnere ich mich“, erwiderte Santini. „Die letzten Male, gegen Ende August, ist der Fahrer gar nicht ausgestiegen. Aber als Herr Manhart dann in seinem Wagen wegfuhr, ist er ihm nachgefahren.“

„Wenn es mein Maybach war“, bemerkte Wimmer, „dann ist der Fahrer Charly Huber gewesen. Aber das wissen Sie ja bestimmt auch.“

„Nein“, sagte Santini erstaunt. „Wie sollte ich?“

Erregt erklärte Max nun:

„Weil es vorigen September bei uns in allen Zeitungen stand, daß Charly Huber spurlos verschwunden ist und man nur meinen Wagen gefunden hat.“

Aber Santini entgegnete:

„Davon weiß ich gar nichts. Ich bin nämlich von September bis März immer in Neapel.“

„Wieso", wollte nun Mertens wissen, „sprechen Sie so perfekt Deutsch?"

„Mei' Muatterl woar a Weanerin! Und bitte nochmals um Entschuldigung wegen der Einmischung, Herr Wimmer."

„Keine Ursache. Ich schätze jeden Oldtimer-Fan!"

„Dann ciao! Und das mit Ihrem Fahrer tut mir leid."

Als Santini sich entfernt hatte, sagte Wimmer zu Mertens:

„Ich wollte schon lange wieder einmal mit Ihnen über Charly Huber sprechen. Nach der Mitteilung von Herrn Santini umso mehr. Läßt sich das vielleicht machen, Herr Major?"

So sagte Mertens seinen Besuch in Wimmers Medienreich für 17 Uhr zu, da Ilona zu dieser Zeit sowieso bei der Testamentsverlesung sein würde.

Die Testamentsverlesung um 17 Uhr durch den Notar in Wien brachte für Ilona die Überraschung, daß sie von Charlotte Suttenberg zur Universalerbin eingesetzt worden war. Friedrich Kersten gratulierte ihr herzlich und sagte, er habe das schon lange gewußt.

Ebenso wußte er, daß Charlotte ihm das Haus in Perchtoldsdorf vermachte. Mit der Auflage, es ehebaldigst den Manharts zu verkaufen. Und zwar zu dem Preis, den die Manharts ihr, Charlotte, seit einem Jahr dafür geboten hätten. Alle in ihrer Wohnung befindlichen, teilweise sehr wertvollen Möbel sollten jedoch Friedrich gehören.

Karina vermachte Charlotte ein Sparbuch mit 20.000 Euro sowie einige genau bezeichnete Schmuckstücke. Die

Perlenkette allerdings und der Brillantring, den Charlotte täglich getragen hatte, sollten Ilona gehören.

Gemeinsam verließen Ilona und Friedrich das Notariat. Friedrich lud Ilona auf einen Drink ein.

Sie setzten sich in das *Maredo*, gegenüber der Oper, und bestellten Prosecco. Ilona fragte:

„Hat Tante Charlotte dir gesagt, wieso du das Haus den Manharts verkaufen sollst?"

„Erstens, weil sie wußte, daß ich nie von der Gußhausstraße nach Perchtoldsdorf übersiedeln würde."

„Kein Wunder!", sagte Ilona mit voller Überzeugung, denn sie kannte seine Wiener Prachtwohnung. Nun wollte sie wissen:

„Und zweitens?"

„Zweitens, weil ihr die Manharts damit seit über einem Jahr in den Ohren lagen. Sie wollten das Haus allerdings zur Alleinbenützung."

Sofort war Ilona im Bilde:

„Tante Charlotte hatte natürlich keine Lust, ihre Wohnung dort zu räumen."

„Eben. Aber sie hat den Manharts versprochen, ihnen den Hauskauf testamentarisch zu ermöglichen."

Ganz begeistert rief Ilona:

„Das ist eine prima Lösung. Typisch Tante Charlotte!"

„Erst vorige Woche hat sie ihr Testament entsprechend ergänzt. Und das den Manharts mitgeteilt. Deswegen hat Rudi Manhart mich vorhin auf dem Empfang angesprochen. Wir werden uns demnächst bei meinem Anwalt treffen."

„Wunderbar, wenn alles so glatt geht."

Friedrich ging auf Ilonas freudigen Ton nicht ein, sondern sagte ziemlich ernst:

„Aber nun, bitte, zu etwas anderem, Ilona. Zu etwas, das mich sehr bedrückt. Weißt du schon, daß ich jetzt gar nicht in Amerika war?“

„Nein, woher sollte ich?“

„Major Mertens hat es erfahren, und da dachte ich …“

„Gibt's damit ein Problem?“

„Mein Problem damit ist, daß ich Karina belogen habe.“

Ilona fiel Karinas verblüffendes „Gott sei Dank“ zur Abwesenheit ihres Vaters ein. So fragte sie:

„Geht es vielleicht um die Frau, die Karina nicht mag?“

„Genau das ist es. Ich bin da in einer furchtbaren Situation. Nach vielen Jahren habe ich eine Frau getroffen, die ich lieben kann. Und ausgerechnet die ist für Karina ein rotes Tuch.“

„Das tut mir schrecklich leid für dich.“

Sie schwiegen eine Weile. Dann fragte Ilona:

„Soll ich mit Karina reden?“

„Bitte, ja, auf dich wird sie vielleicht hören. Aber es wäre natürlich gut, wenn du Helene vorher kennen lernst. Wärest du bereit, sie einmal mit mir zu treffen?“

„Selbstverständlich. Wann und wo?“

Friedrich überlegte. Dann sagte er:

„Am besten wäre, wenn du zu Helene kommst, wenn ich auch dort bin. Ginge das vielleicht am Samstagabend?“

„Ich weiß nicht, was mein Klaus da vorhat.“

„Verstehe. Sag mir halt Bescheid. Du kannst ihn natürlich mitbringen.“

11.

Bevor Mertens zu Max Wimmer gefahren war, hatte er im Büro Rosenmayers Beobachtungsbericht vom Friedhof gelesen:

Der Boss Max Wimmer und sein Chefredakteur Rudolf Manhart weichen einander geflissentlich aus.
Edith Wimmer und Rudolf Manhart wechseln mehrmals verstohlene Blicke.
Elisabeth und Rudolf Manhart bemühen sich abwechselnd um Alice Manhart, die verstört und ängstlich wirkt.

Nun saß Mertens also um 17 Uhr mit Max Wimmer in dessen Chefbüro im sogenannten Asterix-Turm, Wien-Donaustadt. Wimmer hatte Espresso, Mineralwasser, Cognacflasche und Gläser bringen lassen. Mertens verzichtete auf Cognac, nützte aber die Gelegenheit, um zuerst ein paar Fragen zu seinem eigenen, ungelösten Fall zu stellen.

„Sie haben Frau Suttenberg seit vielen Jahren gekannt. Wissen Sie, ob sie Feinde hatte?"

Beinahe empört antwortete Wimmer:

„Feinde? Niemals! All ihre Bekannten und Freunde haben sie sehr verehrt. Jedenfalls die, die ich kenne …"

Wimmer machte einen Schluck aus seinem Cognacglas, während Mertens fragte:

„Ist darunter jemand, der besonderes Interesse an der Saliera-Kopie gezeigt hat, die Frau Suttenberg besaß?"

„Da bin ich überfragt. Ich habe das schöne Stück nur einmal, vor mehr als zehn Jahren zu sehen bekommen. Warum wollen Sie das wissen?"

Mertens beugte sich ein wenig vor:

„Das muß vorläufig geheim bleiben. Wenn Sie mir das zusichern, bin ich bereit, Ihre Frage zu beantworten."

„Sie haben mein Wort darauf. Ich schätze Ihre Arbeit viel zu hoch, um Ihnen hineinzupfuschen."

Mertens prüfte, ob er von seinem Kaffee trinken konnte, ohne sich zu verbrennen. Dann sagte er:

„Also: Von Frau Manhart wissen wir, daß Charlotte Suttenberg das Haus in Perchtoldsdorf mit einem Meinl-Sack verließ. Alle Indizien sprechen dafür, daß darin die Saliera-Kopie steckte. Wenn Frau Suttenberg damit direkt zum Opernring fuhr, und so sieht es aus, dann hatte sie das Stück bei sich, als sie ermordet wurde. Aber es ist verschwunden."

„Dann war der Mörder also ein Räuber, der es darauf abgesehen hatte!", kam es prompt von Wimmer, der wieder einen Schluck Cognac nahm.

„Es sei denn, ein Zufallsdieb hat die Tote nachträglich bestohlen."

„Oder", schlug Wimmer vor, „Frau Manhart hat nicht die Wahrheit gesagt. Haben Sie eine Hausdurchsuchung gemacht?"

„Solange wir keinen konkreten Verdacht gegen die Manharts haben ...", wehrte Mertens ab.

„Da fällt mir ein", sagte Wimmer nun, „wurde bei Ihren Ermittlungen am Schießgrabensteig von Charly Huber gesprochen?"

„Nein. Dafür gab's doch gar keinen Grund."

„Es ist nur so eine Idee. Immerhin war mein Chauffeur mit Rudi Manhart schon lange vor der Beobachtung meiner Frau bekannt."

„Warum erwähnen Sie das extra?"

„Weil mir die Mitteilungen des Herrn Santini gerade eingefallen sind. Was sagen Sie zu denen?"

Mertens nahm einen Schluck Wasser und stellte die Gegenfrage:

„Was sagen denn Sie dazu?"

Wimmer stärkte sich mit Cognac, ehe er antwortete:

„Ich nehme sie als Bestätigung dessen, was ich schon lange vermute: Rudi Manhart ist oder war der Geliebte meiner Frau."

„Sie vermuten es nur?", wunderte sich Mertens. „Was haben denn Charly Hubers Beobachtungen ergeben?"

Jetzt nahm auch Wimmer einen Schluck Wasser, dann sagte er:

„Angeblich nichts. Charly Huber hat immer behauptet, daß mein Verdacht falsch wäre und daß meine Frau mir treu sei. Aber ich bin davon überzeugt, daß Charly gelogen hat."

„Glauben Sie, daß er Sie schonen wollte?"

„Ursprünglich vielleicht. Aber je länger ich darüber nachdenke, desto öfter kommt mir der Gedanke, daß Charly aus seinem Wissen Kapital geschlagen hat."

„Sie meinen, er hat Ihre Frau erpreßt?"

„Nein, ihren Liebhaber. Meine Frau hat kein eigenes Geld, und an meines kommt sie ohne meine Unterschrift nicht heran."

Mertens leerte seine Mokkaschale, Wimmer trank seinen Cognac aus. Nun wollte Mertens wissen:

„Halten Sie übrigens einen Verkauf der Saliera-Kopie für möglich?"

„Durchaus. Aber nur an einen fanatischen Kunstliebhaber natürlich. Der das Ding unbedingt haben will, ohne es irgendjemand zu zeigen. So was gibt's, Herr Major."

„Ich weiß. Es ist auch nicht vollkommen ausgeschlossen", spann Mertens den hypothetischen Faden fort, „daß Charly Huber seit über einem Jahr versteckt lebt, daß er sich jetzt – falls der Verkauf geklappt haben sollte – mit dem Erlös der Saliera-Kopie in die Karibik oder sonstwohin absetzen könnte und dort bis an sein Lebensende versorgt wäre. Aber ich halte das für äußerst unwahrscheinlich."

„Unwahrscheinlich ja", bestätigte Wimmer und schenkte sich noch etwas Cognac ein, „aber nicht unmöglich!"

„Noch viel unwahrscheinlicher ist es, daß dem Geliebten Ihrer Frau Charlys Schweigen soviel wert sein könnte."

Hier widersprach Wimmer:

„Also, wenn es Rudi Manhart ist, dann fürchtet der bestimmt und mit Recht um seinen guten Job bei mir. Schließlich hat er eine Familie zu ernähren."

„Wieso haben Sie ihn nicht längst gefeuert?"

Ein weiterer Schluck Cognac lief durch Wimmers Kehle. Dann kam es:

„Ohne Beweis will ich doch nicht einen meiner besten Leute verlieren! Aber vielleicht könnten Sie meiner Frau jetzt einmal ein bißchen auf den Zahn fühlen, bitte!"

Mertens dachte: hilft es nichts, so schadet's nicht, und sagte:

„Meinetwegen. Aber dazu muß ich wissen, ob Ihre Frau und Rudi Manhart einander offiziell kennen. Waren er und seine Frau vielleicht einmal bei Ihnen zu Gast? Oder kommt Ihre Frau manchmal zu Ihnen hierher in die Redaktion, wo auch er anzutreffen ist?"

„Auf beide Fragen: ja, und auf beide Fragen: seit zwei Jahren nicht mehr. Was ich als Indizien dafür nehme, daß sich die beiden heimlich treffen. Deshalb hatte ich Charly Huber mit der Beobachtung beauftragt, seit Mitte August."

In Erinnerung an Santinis Erzählung war Mertens nun klar:

„Drum ist er dann nicht mehr ausgestiegen, am Schießgrabensteig! Allerdings – Rudi Manhart wird doch nicht mit Ihrer Frau zu seiner Frau nach Hause gefahren sein, oder?"

„Da haben Sie recht, Herr Major. Das ist wirklich sehr schwer vorstellbar."

„Und", fragte Mertens, „wie sollte Charly Huber die beiden je unbemerkt beobachtet haben? In Ihrem Maybach, einem Wagen, der bestimmt nicht nur Herrn Santini immer sofort aufgefallen ist?"

„Charly hatte selbstverständlich den Auftrag, nie den Maybach zu nehmen, sondern abwechselnd immer einen anderen von unseren Redaktions-Pkws!"

Mertens leerte sein Wasserglas und stand auf. Auch Wimmer erhob sich und begleitete Mertens zur Türe. Dabei versprach Mertens:

„Also gut. Ich werde Ihre Frau einmal zum Suttenberg-Mord vernehmen und das dann ein bißchen Richtung Charly Huber ausdehnen."

„Vielen Dank, Herr Major. Werde ich erfahren ...?"
„Ich rufe Sie an, dann vereinbaren wir ein Treffen."

Auf dem Weg zu Ilona fragte sich Mertens ärgerlich: Wieso mußte mich erst Max Wimmer darauf bringen, daß Charly Huber und Rudi Manhart alte Bekannte waren?

Aber Mertens wußte auch gleich die Antwort: Weil mein Fall Suttenberg-Mord heißt und nicht Huber-Verschwinden! Also, was soll's!

In der Prandaugasse erinnerte sich Mertens sofort daran, daß bei einem Todesfall der Tag des Begräbnisses für die Hinterbliebenen meist der schlimmste war. Weshalb er speziell an diesem Abend keinesfalls das Thema „Tante Sofie und die Folgen" anschneiden wollte.

Auch was von Friedrich Kersten zu berichten gewesen wäre, unterdrückte Mertens, um Ilona nicht unnötig zu beunruhigen.

Stattdessen hörte er geduldig zu, als Ilona zu erzählen begann, wen sie bei Begräbnis und Empfang gesehen und mit wem sie gesprochen hatte, welche Kondolenzen ihr besonders wichtig waren und die Teilnahme welcher Leute Tante Charlotte wohl am meisten gefreut hätte.

„Und stell dir vor, Kläuschen, sie hat mich zur Universalerbin eingesetzt!"

Anstatt dies nun als Stichwort zu erkennen für den Bericht seiner eigenen privaten Neuigkeit, blieben Mertens Gedanken ausschließlich bei dem ungeklärten Mord an Charlotte Suttenberg, und er fragte:

„War Friedrich Kersten darüber nicht sehr verärgert und enttäuscht?"

„Nein, überhaupt nicht. Er hat mir sehr lieb gratuliert. Er hat es außerdem schon lange gewußt, hat er gesagt."

Mertens dachte: War der Mord an Charlotte Suttenberg etwa Rache dafür? Nein, im Grunde glaube ich wirklich nicht, daß Friedrich Kersten ein Mörder ist. Allerdings – warum hat er eine Amerikareise vorgetäuscht? Ilona hatte inzwischen weiter gesprochen:

„Friedrich bekommt übrigens alle Möbel und den Erlös des Hauses in Perchtoldsdorf."

„Den Erlös?"

„Er muß es den Manharts verkaufen. Damit wurden sie von Tante Charlotte vorige Woche vertröstet. Sie wollen es nämlich schon seit einem Jahr haben."

Worauf Mertens sofort feststellte:

„Das wäre doch auch ein Motiv!"

„Wie meinst du das?"

„Je früher Kersten das Haus bekommt, desto eher erreichen sie ihr Ziel."

„Das wäre zu schrecklich!", meinte Ilona entsetzt.

„Jedenfalls müssen wir dem nachgehen. Schließlich gibt's genug ähnliche Objekte, die sie längst hätten kaufen können."

„Das stimmt allerdings. Aber bitte, jetzt rasch etwas anderes, Kläuschen. Wir müssen Friedrich helfen!"

Es folgte die Erzählung von Friedrich Kerstens Problem mit seiner neuen Liebe, von seiner Hoffnung, Ilona könne bei Karina vermitteln, und Kerstens Einladung für Samstag. Nun fragte Ilona:

„Wollen wir diese Helene am Samstagabend in Augenschein nehmen?"

Mertens spürte, wie viel Ilona daran lag, und sagte:

„Natürlich machen wir das."

„Danke, Kläuschen. Tante Charlotte hätte bestimmt auch sehr gerne versucht, Friedrich zu seinem Glück zu verhelfen."

Da war sie wieder, die akute, tiefe Trauer um Charlotte Suttenberg, um die sich alle Gedanken Ilonas drehten. Und für mich ist es jetzt Zeit, dachte Mertens, nach Tante Sofie zu sehen.

Als Mertens sich verabschiedete, fragte er:

„Weißt du, ob deine Tante Charlotte einmal Charly Huber bei den Manharts in Perchtoldsdorf getroffen hat?"

„Max Wimmers Chauffeur? Keine Ahnung."

Nun bat Mertens:

„Könntest du morgen, wenn du mit Friedrich Kersten dort bist, so tun als ob, und irgendwie die Sprache auf Huber bringen?"

„Natürlich. Ich erzähle einfach, was ich heute von Herrn Santini gehört habe."

„Sehr gut!"

Zur Sicherheit erkundigte sich Ilona:

„Willst du etwas Bestimmtes wissen, Kläuschen?"

„Nein. Nur, wie darauf reagiert wird. Vielleicht auch – falls die zu Hause wären – von den Kindern."

„Ich werde mich bemühen, es möglichst beiläufig zu machen. So, wie Tante Charlotte es getan haben würde. Verdammt, wie sie uns fehlt!"

12.

Freitag früh um 5 Uhr, von der Pflegerin gerufen, stellte der Arzt fest, daß Sofie Mayersberg gestorben war – das heißt, sie war nicht mehr aufgewacht.

Sofie hatte jedoch schon vor längerer Zeit ganz genaue Instruktionen für den Fall ihres Ablebens erteilt, sodaß nun bis ins kleinste Detail alles minutiös geregelt war, was zu geschehen hatte – inklusive des Ablaufs ihres Begräbnisses.

Nachdem Arzt und Pflegerin gegangen waren, rief John – instruktionsgemäß – das von Sofie bestimmte Bestattungsinstitut an, das ihre Leiche abholen sollte. Während darauf gewartet wurde, saßen Mertens und Agnes neben dem Bett der Toten, John stand am Fußende.

„Dos ist angänähmstä Tod, wos äs gibt, ischtänäm. Dos konn sich jädär Mänsch nur wünschän! Ist äs großäs Glück, doß Ärlaucht ist so hinübär gäschlafän!"

„Da haben Sie recht, Agnes. Ich bin auch sehr froh darüber."

Agnes sprang auf:

„Ischtänäm! Ich muß sofort Doktor Gradmeistär värständigän! Wägän Tästamänt, ihrigäs."

„Das eilt doch nicht so, Agnes."

„Doch, Härr Major! Sofort, hat Ärlaucht värlongt, als allärärstes, noch bävor Leichä ist wäg! Ischtänäm!"

So verließ Agnes Sofies Schlafzimmer und rief den Anwalt an. Der fragte, ob Mertens um 10 Uhr anwesend sein würde, und als das bejahend geklärt war, wurde dieser Termin fixiert.

Mertens hatte im Büro Bescheid gesagt, daß er wegen des Todesfalles für ein paar Stunden verhindert sei. Dann verständigte er Ilona von Sofies Tod. Ilona fragte sofort, ob sie zu ihm kommen und irgendetwas für ihn tun könne.

„Nein, mein Liebes. Ich erwarte um zehn Tante Sofies Anwalt. Danach muß ich ins Büro."

„Und nachmittags? Soll ich vielleicht lieber nicht mit Friedrich nach Perchtoldsdorf fahren? Wir wollten um halb vier dort sein."

Mertens sagte bestimmt und beruhigend:

„Doch, fahr nur mit ihm. Und bitte vergiß nicht, nach Charly Huber zu fragen."

„Mach' ich. Also dann, alles Gute, Kläuschen. Bis abends, wenn's geht."

„Das geht bestimmt."

Gradmeister erschien pünktlich mit dem Testament, das er Mertens übergab.

„Sofie Mayersberg hat Sie, Herr Major, zum Universalerben eingesetzt. Erlauben Sie, daß ich gratuliere?"

„Vielen Dank."

Gradmeister erkundigte sich:

„Ich nehme nicht an, daß Sie Bedenkzeit für die Annahme der Erbschaft wollen."

„Das wäre vielleicht keine schlechte Idee", sagte Mertens zuerst. Um gleich darauf fortzufahren: „Das heißt nein, ich muß sie annehmen. Das bin ich meiner Mutter schuldig."

„Und werden Sie in den Mietvertrag einsteigen?"

„Vorläufig jedenfalls. Schon allein wegen Agnes und John. Wo ich selbst wohnen werde, ist noch ungewiß."

Erstaunt fragte Gradmeister:

„Glauben Sie, Ihrer Braut wird es hier nicht gefallen?"

Worauf Mertens sagte:

„Genau das muß ich erst herausfinden. Ganz vorsichtig möchte ich das tun. Immerhin hat Ilona Bergmann ihre Villa meinetwegen verkauft. Und ich weiß nicht, wie sehr sie inzwischen an der Penthouse-Maisonette hängt, in der sie jetzt wohnt und in der wir zusammen leben wollten."

„Verstehe, Herr Major. Wie auch immer – alles Gute!"

Gradmeister ging, und Mertens bat Agnes und John zu sich ins Wohnzimmer.

„Setzen Sie sich."

„Bitte nein, gnädiger Herr", und: „Ischtänäm, das gäht nicht" kam es gleichzeitig von John und Agnes.

„Warum nicht?"

„Ihre Erlaucht hat verboten, daß wir sitzen, wenn der gnädige Herr mit uns spricht."

Mertens war teils gerührt, teils in Verlegenheit. Da er keinesfalls den Eindruck erwecken wollte, Tante Sofies traditionsverbundene Anordnungen gleich nach ihrem Tod zu sabotieren, fragte er zunächst:

„Dann hat Tante Sofie bestimmt auch verboten, daß ihr mit mir zusammen eßt, oder?"

„Selbstverständlich, gnädiger Herr."

„Abär auch weil, Härr Major, ischtänäm –"

Agnes stockte. Mertens forderte sie auf:

„Sagen Sie's, warum Sie nicht mit mir essen sollen!"

„Also – ihrä Ärlaucht hot gämeint, dann hättän wir gor keinä Privacy mähr!"

Mertens mußte schmunzeln, dann sagte er:

„Sehr gescheit von ihr! Aber nun: muß ich sitzen, wenn ich mit Ihnen rede?"

„Nein, Härr Major."

„Der gnädige Herr kann tun, was ihm beliebt."

„Dann schließen wir jetzt für dieses Gespräch ganz ausnahmsweise einen Kompromiß. Ich stehe sehr ungern, möchte Sie aber beide auf einer Ebene mit mir haben. Drum setzen Sie sich bitte, damit ich nicht aufstehen muß."

Damit hatte Mertens die richtigen Worte gefunden – nach kurzem einander Zunicken setzten sich Agnes und John zu ihm an den Couchtisch. Nun sagte Mertens:

„Bevor Sie sich diesbezüglich Sorgen machen: Hier bleibt, wenn Sie wollen, alles beim Alten."

„Heißt das, gnädiger Herr, daß Sie Agnes und mich nicht entlassen?"

„Genau. Und ich behalte auch diese Wohnung."

Agnes strahlte über das ganze Gesicht, als sie sagte:

„Wir sind großä Glückspilzä, ischtänäm, daß wir hier bleibän könnän, nachdem daß ihre Ärlaucht ist gästorbän!"

Mertens erwiderte:

„Der Glückspilz bin doch ich! Sie hat mir ihr ganzes Vermögen vermacht. Daß Sie beide quasi auch dazugehören, ist eine ganz besondere Annehmlichkeit."

Nun sagte auch John mit erfreuter Miene:

„Vielen Dank, gnädiger Herr."

„Ich werde mich allerdings wahrscheinlich nicht sehr viel hier aufhalten."

Mertens erzählte, daß es noch nicht klar sei, wie und wann er alles unter einen Hut bringen werde: die verschobene Hochzeit, die Prandaugasse, und Tante Sofies Wohnung hier.

Agnes meinte:

„Wie heißt äs? Ding gutäs braucht Weilä, ischtänäm! Wänn wir hälfän könnän, Herr Major …"

„Da fällt mir ein: Ich habe auch noch eine kleine Wohnung in der Liechtensteinstraße. Dort sage ich Bescheid: Ich möchte, daß Sie zweimal in der Woche hinfahren, Agnes, sauber machen und meine Post abholen."

„Wird geschähän."

Hoffnungsvoll fragte John:

„Darf ich Agnes hinbringen und abholen, gnädiger Herr?"

„Ja, das kannst du. Es wird ja keiner bemerken, daß Agnes in *meiner* Wohnung zu tun hat."

Sehr zögernd begann Agnes:

„Ist äs sähr … ischtänäm … fräch, zu fragän …"

„Warum ich diese Wohnung behalte? Erstens habe ich da mit meiner Mutter sehr lange gelebt."

„Dos ist schönär, säntimäntalär Grund!"

„Die anderen Gründe sind ganz pragmatisch. Die Wohnung liegt nämlich zweitens so nah zu meinem Büro, daß ich auch künftig gerne dort übernachten werde, wenn es sehr spät wird."

Sofort wollte John wissen:

„Lieber, als sich von mir abholen zu lassen?"

„Viel lieber, John. Aber tröste dich. Wenn Frau Bergmann endlich einmal weiß, daß es dich und den Rolls gibt, wirst du manchmal mit ihr unterwegs sein. Auf Lesetourneen zum Beispiel."

„Sehr gut, gnädiger Herr, danke. Hoffentlich ist das bald."

„Ich muß erst die richtige Gelegenheit abwarten, um Frau Bergmann zu erzählen, daß mich Tante Sofie zum reichen Mann gemacht hat."

„Ischtänäm – für gutä Nachricht ist Gälägänheit immär richtig!", sagte Agnes mit Nachdruck.

„Außer, der Partner hat gerade selbst eine ganz schlimme Nachricht zu verkraften", erwiderte Mertens.

„Stimmt, dann vielleicht nicht", gab Agnes zu. „Und was ist weitärär pragmatischär Grund?" begehrte Agnes zum vorigen Thema zurückzukehren.

„Drittens will ich keine private Post ins Büro bekommen. Ohne die Liechtensteinstraße bliebe aber nichts anderes übrig. Denn in der Prandaugasse wohne ich noch nicht, und die Rennweg-Adresse kommt vorläufig nicht in Frage."

13.

Als Mertens ins Büro kam, fand er ein Protokoll der Vernehmung Friedrich Kerstens vor, der, wie bestellt, um 9 Uhr dort erschienen war. Darin hieß es:

Befragt nach seinem Aufenthalt zur vermutlichen Zeit des Mordes an Charlotte Suttenberg, gibt Kersten Name und Wiener Adresse eines Kunden an. Dieser befände sich allerdings jetzt im Ausland und käme erst in einer Woche zurück.

Den höchst persönlichen Grund für die Vortäuschung seines Aufenthaltes in USA will Friedrich Kersten nur Kriminalmajor Mertens nennen. Deshalb käme Kersten auf Abruf jederzeit wieder, wenn Mertens da sei.

Von Ilona in Friedrich Kerstens höchst persönlichen Grund eingeweiht, hielt Mertens derzeit keine Vorladung Kerstens für nötig. Bezüglich des von Kersten benannten Alibi-Zeugens ordnete Mertens allerdings einen Abwesenheits-Check an und, falls dann noch erforderlich, Einvernahme gleich nach Rückkehr.

Nun berichtete Mertens von dem Hauskaufwunsch der Manharts. Weshalb jetzt nicht nur ergänzende Vernehmung der Frau, sondern auch Vernehmung des Mannes nötig sei. Er schloß mit dem Auftrag an Ogris:

„Sag den Kollegen in Perchtoldsdorf, daß ich um zwei hinkomme. Franz Bauer soll mich begleiten. Ich stelle inzwischen die Fragen zusammen."

„Fia wen?", wollte Ogris wissen.

„Für dich, Bertram. Du vernimmst nämlich zur gleichen

Zeit Rudi Manhart in seinem Büro, Asterix-Turm, Wien-Donaustadt."

„Varsteh! Damit der net sei Frau präparier'n kann, wia s' wö'che Frage beantworten soll!"

Zuletzt gab Mertens noch den Auftrag:

„Und bestell Josefa Schneider für etwa halb drei in die Suttenberg-Wohnung in Perchtoldsdorf, vom Santini nebenan."

Die erste Frage Mertens' an Elisabeth Manhart lautete:

„Können Sie uns Näheres über Frau Suttenbergs Bedienerin erzählen?"

„Zuerst muß ich Ihnen, bitte, sehr herzlich gratulieren! Zu Ihrer Verlobung mit Ilona Bergmann! Davon hab' ich erst gestern erfahren, auf dem Begräbnis, wissen Sie. Das ist wirklich eine tolle Frau! Und Frau Suttenberg hat Sie beide doch so gern gehabt!"

„Vielen Dank. Jetzt bitte zu der Bedienerin."

„Ja also – weil die bestimmt weiß, was Frau Suttenberg in dem Meinlsack hatte? Natürlich! Sie heißt Josefa Schneider und ist Wirtschafterin bei Emilio Santini in der Nachbarvilla. Er erlaubt Josefa, daß sie sich bei andern Leuten etwas dazuverdient. Er ist Single, lebt das halbe Jahr in Italien und ..."

Mertens unterbrach:

„Bleiben wir bei Frau Schneider. Wieso glauben Sie, daß wir mit ihr wegen des Hochzeitsgeschenks sprechen wollen?"

„Nun, ich habe meinen Mann gefragt, warum Sie wissen wollten, ob ich weiß, was für ein Geschenk das war.

Und da hat er gesagt, daß es wahrscheinlich verschwunden ist. Stimmt das?"

Mertens beantwortete die Frage nicht, sondern sagte:

„Wenn wir schon bei Ihrem Mann sind – wissen Sie, wo er vorigen Donnerstag zwischen 16 Uhr 30 und 18 Uhr gewesen ist?"

Zum ersten Mal antwortete Elisabeth Manhart ein wenig schnippisch:

„Nein. Er sagt mir nie, wann er wo ist. Fragen Sie seine Sekretärin, die weiß es bestimmt."

Mertens machte eine Notiz, dann fragte er:

„Gab es einmal eine Differenz zwischen Ihnen oder Ihrem Mann und Frau Suttenberg?"

„Eine Differenz? Nein, niemals. Das heißt ..."

Elisabeth Manhart brach ab. Mertens beharrte:

„Das heißt was?"

„Wir wollten dieses Haus kaufen, und sie will – sie wollte es behalten. Ich glaube nicht, daß das zählt. Denn Streit hat es deswegen selbstverständlich nie gegeben. Und überhaupt – seit voriger Woche wissen wir doch, daß wir das Haus kaufen können, sobald, eh, ich meine: wenn ... o, das ist ja nun eingetreten!"

Elisabeth Manhart schien diesen Umstand erst jetzt und völlig überrascht zu realisieren. Deshalb wollte Mertens hier nicht gleich nachstoßen. Denn falls sie die Überraschte nur spielte, war es besser, keinen Verdacht merken zu lassen. Und war die Überraschung echt, galt das gleiche.

So stellte er jetzt auch keine Frage bezüglich Charly Huber, verließ sich insoweit auf Ilona, und sagte nur noch:

„Danke, das war's."

Obwohl er Schlüssel zu Charlotte Suttenbergs Wohnung im 1. Stock hatte, läutete Mertens um 14 Uhr 30 dort an, um die Bedienerin Josefa Schneider nicht unnötig zu erschrecken.

Als sie öffnete, drang Kaffeeduft heraus, und man sah eine spindeldürre Frau im Arbeitskittel in der Türe stehen. Die scheint sich nur von Kaffee zu ernähren, dachte Mertens und legitimierte sich, stellte Kommissar Bauer vor und ließ sich mit ihm ins Wohnzimmer führen.

„Wo ist Frau Suttenbergs Safe?"

„Hinter diesem Bild, Herr Major", Josefa Schneider deutete darauf.

„Wir müssen prüfen, ob sich ein vermißter Gegenstand darin befindet."

Bauer nahm das Bild ab. Dabei fragte Josefa:

„Was wird denn vermißt? Vielleicht das Ding, das Frau Suttenberg am Donnerstag von hier geholt hat?"

„Wissen Sie, was das war?"

„Nicht wirklich. Weil ich nicht dabei war. Ich weiß nur, was Frau Suttenberg holen w o l l t e."

„Nämlich?"

„Die Saliera-Kopie. Für Ilona Bergmann. O, jetzt erkenne ich Sie erst – Sie sind ja der Herr Major, mit dem Frau Bergmann verlobt ist. Man hat Sie mir beim Begräbnis von ferne gezeigt."

Mertens nickte nur, und sofort bekundete Josefa Schneider:

„Das ist eine so schreckliche Sache mit Frau Suttenberg! Mir tut das alles ganz furchtbar leid!"

Mertens sperrte die Safetüre auf.

Ganz rasch war klar, daß sich die Saliera nicht in dem Safe befand. Während er wieder abschloß und Bauer das Bild an seinen Platz hängte, sagte Mertens:

„Schade, daß Sie nicht gesehen haben, ob Frau Suttenberg am Donnerstag die Saliera herausgenommen hat."

„Aber der Beweis ist doch, daß sie nicht mehr drin ist! Sie wurde ja nur für Frau Bergmann hier aufgehoben, Und wenn am Samstag die Hochzeit war … eh, ich meine, sein sollte …"

Mertens lenkte von diesem Thema ab:

„Haben von der Saliera-Kopie viele Leute gewußt?"

„Ich glaube nicht. Frau Suttenberg hat mit ihrem Besitz nie geprahlt. Aber ein paar alte Freunde könnten es schon wissen, daß die Saliera dann hier gelandet ist."

Sofort fragte Mertens:

„Gehört dazu vielleicht das Ehepaar Manhart?"

„Zu den alten Freunden? Nein, die wohnen doch erst seit acht Jahren hier", erklärte Josefa Schneider eifrig.

„Verstehe. Aber in dieser Zeit könnten die Manharts doch aus irgendeinem Grund davon erfahren haben."

„Schon möglich, Herr Major. O ja, jetzt fällt mir ein, Frau Manhart hat mich einmal gefragt, ob ich die Saliera-Kopie jemals zu Gesicht bekommen habe."

„Wann war das?"

Josefa Schneider dachte nach. Dann kam die Antwort:

„Kurz nachdem das Original aus dem Museum gestohlen worden ist. Vor mehr als einem Jahr also."

„Haben Sie Frau Manhart erzählt, daß die Saliera Frau Suttenbergs Hochzeitsgeschenk für Ilona Bergmann sein sollte?"

„Nein, Herr Major. Die Frau behält doch nichts bei sich. Wenn Frau Suttenberg wollte, daß sie das erfährt, hätte sie ihr's schon selbst sagen müssen."

„Danke, Frau Schneider. Grüßen Sie Frau Bergmann von mir, die ja bald da sein wird und nicht weiß, daß ich plötzlich selbst herkommen mußte ."

„Mach' ich, Herr Major."

Um 15 Uhr 45 war Mertens wieder im Büro. Auf seinem Schreibtisch lag das Protokoll der Vernehmung von Rudi Manhart. Es war verfaßt von Ogris' Begleitkommissar Herbert Rosenmayer, der darin Meister war und der, wann immer es ihm sachdienlich schien, Fragen und Antworten wörtlich wiedergab. Das Protokoll lautete – wobei „OKO" für Oberkommissar Ogris und „M" für Rudolf (Rudi) Manhart stand:

OKO: „Wo woar'n Se am letzten Donnerstag zwischen 16 Uhr 30 und 18 Uhr?"

M: „Um 16 Uhr 15 im Taxi nach Sievering, und dann dort ab 17 Uhr beim 30jährigen Maturajubiläum."

OKO: „Wiaso wissen S' des sofort so genau?"

M: „Weil ich das Treffen organisiert habe. Drum bin ich auch so früh hingefahren – ich wollt' als Erster dort sein. Fragen Sie meine Sekretärin."

OKO: „Wer' ma mach'n. Nächste Frag' – ham S' amol an Wickel g'habt mit der Frau Suttenberg? Irgend a Differenz?"

M: „Nein, nie."

OKO: Ham' S' g'wußt, daß de Frau Suttenberg a Kopie g'habt hat von dera Saliera aus 'n Kunsthistorischen Museum?"

M: „Ja, das habe ich gewußt. Meine Frau auch. Wir waren nämlich vor drei Jahren zusammen mit Max Wimmer, meinem Boss, bei Frau Suttenberg eingeladen. Und da hat der Boss gefragt, was denn aus der tollen Kopie geworden ist. So haben wir erfahren, daß Frau Suttenberg das Ding in Perchtoldsdorf aufbewahrt. Ist das vielleicht das Geschenk für Ilona Bergmann gewesen?"

OKO (geht auf die Frage nicht ein): „Für heut' san mir fertig mit Ihnen. Wir red'n jetzt mit Ihrer Sekretärin."

M: „Major Mertens hat an der Aufklärung dieses Falles bestimmt ein besonders großes Interesse."

OKO: „Wia kommen S' denn darauf?"

M: Ich habe gestern gehört, daß er mit Ilona Bergmann verlobt ist. Deshalb kniet er sich hier doch bestimmt ganz speziell hinein, wenn er schon sonst nie ruht, ehe das letzte Detail geklärt und der Mörder überführt ist. In allen Zeitungsredaktionen weiß man das."

OKO: „Umso besser."

Sekretärin bestätigt M.s Aussage bezüglich Maturajubiläum (Albertus-Magnus-Gymnasium):
Die Feier fand am 16. Oktober, ab 17 Uhr, im Restaurant Eckel, Sieveringer Straße 46, statt.
M. verließ Redaktion (7. Stock) drei Minuten vor Ankunft des für 16 Uhr 15 bestellten Taxis.

Als Mertens das Protokoll gelesen hatte, rief er Rosenmayer zu sich. Der fragte sofort:

„Sollen wir den Taxifahrer ausfindig machen?“

„Ja, zur Sicherheit. Und besorgt bitte vom Albertus-Magnus-Gymnasium ein Verzeichnis der Absolventen.“

Zwei Stunden später brachte Kommissar Wolfgang Bauer das Gewünschte aus der Schule in der Semperstraße. Mertens gab die Broschüre an Ogris weiter:

„Bertram, schaust du nach, wer 1973 maturiert hat?“

„Kloar.“

Mertens fügte den Auftrag an:

„Rosenmayer und Bauer sollen dann ein paar Jahrgangskollegen befragen, ob Rudi Manhart an jenem Donnerstag ab 17 Uhr im Restaurant Eckel war. Denn daß er die Feier organisiert hat, bedeutet ja nicht, daß er von Anfang an dort gewesen ist.“

„Und wann net?“

„Dann hat Herr Manhart größeren Erklärungsbedarf. Aber vielleicht ist er ja auch nur bei einer Freundin gewesen.“

Ogris schüttelte den Kopf und äußerte die Befürchtung:

„Oba vielleicht bin i eam auf'n Leim gangen, bei seiner Frag', ob de Saliera des Hochzeitsgeschenk g'wesen is!“

„Du meinst, damit hat er verhindert, daß du ihn fragst, ob er das weiß?“

„Genau! Des hob i dann net g'macht!“

Mertens sagte, um Ogris zu beruhigen:

„Das hätte ich wahrscheinlich in dem Moment auch nicht getan.“

„Trotzdem, mi giftet des!“

„Steht nicht dafür!“

Doch Ogris ließ nicht locker:

„I waß net. Überleg do amol! Wo de Frau Suttenberg am Tag vurhea ang'rufen hot, daß sie am Donnerstag auße kommt – da hat der Mann do gnua Zeit g'hobt, zum Planen von dem Überfall bei ihra Wohnung!"

„Aber wenn Manhart der Täter ist, dann ist es ihm bestimmt nicht um die Saliera-Kopie gegangen."

Verblüfft fragte Ogris:

„Du manst, er hat nur woll'n, daß er des Haus früher kriagt?"

Mertens schüttelte den Kopf:

„Nein. Das liegt zu sehr auf der Hand. Dafür ist Manhart viel zu clever. Außerdem – wie hätte er das finanziert? Wenn ich Max Wimmer richtig verstanden habe, dann ist Manhart auf das angewiesen, was er monatlich verdient."

„Nimmt er halt a Hypothek auf!"

Mertens gab zu bedenken:

„Aber warum? Niemand wollte ihn als Mieter kündigen. Wenn er in seiner finanziellen Situation bereit ist, auf hohen Kredit Hausherr zu werden, von den Zinsen ganz zu schweigen, dann muß doch etwas dahinter stecken."

Hierauf meinte Ogris nur:

„Vielleicht hat ihm des sei' Frau eing'red't. Manche Frauen san doch so …"

Aber Mertens blieb dabei:

„Wir müssen das auf alle Fälle prüfen."

14.

Seit 15 Uhr 30 waren Ilona Bergmann und Friedrich Kersten in Charlotte Suttenbergs Perchtoldsdorfer Wohnung. Stück für Stück berieten sie, was mit den Einrichtungsgegenständen geschehen sollte. In Frage kam bei vielen Versteigerung, entweder bei Sotheby's, Christie's oder im Dorotheum, für den Rest Überlassung an eine Firma, die Nachlässe aufkauft.

Friedrichs Angebot, sich von den Sachen auszusuchen, was Ilona gerne haben wollte, lehnte sie dankend ab, hatte sie doch schon bei weitem nicht alle Möbel aus der Bergmannvilla in der Prandaugasse untergebracht.

Um 16 Uhr 30 läutete es an der Wohnungstüre.

„Die Manharts sind mit der Jause fertig. Entschuldigst du mich eine Weile, Friedrich?"

Ilona ging ins Vorzimmer, öffnete und begrüßte Rolli Manhart. Rolli war 13 Jahre alt, rotblond und sommersprossig.

„Danke, daß du mich holst. Ein Anruf hätte doch genügt."

Auf der Treppe abwärts fragte Ilona:

„Hast du Charly Huber gekannt?"

„Ich? Wieso?"

„Ist der nicht öfter bei euch gewesen?"

„Weiß nicht."

Sie waren bei der Manhart-Wohnung angelangt, deren Türe gerade von Rollis Mutter geöffnet wurde. Rolli verschwand sofort in sein Zimmer.

„Was kann ich für Sie tun, Frau Bergmann? Vorhin war Ihr Verlobter da, der Herr Kriminalmajor. Dem habe ich von Herzen dazu gratuliert, daß Sie beide heiraten werden. Gestern, ich meine, der Friedhof war ja nicht der Ort, um es Ihnen zu sagen: Ich bin ein großer Fan von Ihnen, ich liebe Ihre Songs und verschlinge Ihre Romane!"

„Das freut mich zu hören. Ich hoffe, ich habe mich bei Ihrem Sohn nicht gerade unbeliebt gemacht."

„Wie denn das?"

„Ich habe nach Charly Huber gefragt."

Es schien Ilona, als sei Elisabeth Manhart für den Bruchteil einer Sekunde erschrocken, aber schon sprudelte sie wieder über:

„So ein Zufall! Erst heute früh haben mein Mann und ich von Charly Huber gesprochen. Schlimm, daß man von dem nie wieder etwas gehört hat! Sie haben ihn also auch gekannt?"

„Nein. Ich will nur wissen, ob ihn Frau Suttenberg bei Ihnen kennen gelernt hat. Denn von Herrn Santini weiß ich, daß Charly Huber hier öfter zu Besuch war."

Während Ilona dies sagte, kam Tochter Alice ins Zimmer.

Alice und Ilona begrüßten einander, dann setzte Elisabeth das Gespräch fort:

„Ihre Tante ist nie mit Charly Huber zusammen hier gewesen."

Es schien Ilona, als sei Alice bei diesem Namen zusammengezuckt und als wollte sie rasch wieder fort. Inzwischen hatte Elisabeth Manhart bereits erklärend hinzugefügt:

„Weil Frau Suttenberg zu der Zeit nur noch selten und immer nur ganz kurz hergekommen ist. Was übrigens den Charly Huber anlangt – *zu Besuch* ist eigentlich nicht das richtige Wort."

„Das kannst du laut sagen, Mutter", kam es von Alice, die dabei eilig das Zimmer verließ.

Ilona wollte zuerst gleich nachstoßen und Näheres erfragen, insbesondere auch was Rollis Reaktion von vorhin betraf. Aber im nächsten Moment hielt sie es für besser, der Sache jetzt nicht zuviel Gewicht zu geben und es Mertens zu überlassen, ob er hier anknüpfen wollte. So verabschiedete sie sich:

„Vielen Dank für die Auskunft, ich will nicht länger stören. Hat Herr Kersten schon etwas mit Ihnen vereinbart?"

„Wir treffen uns nächste Woche bei seinem Anwalt."

„Dann wünsche ich Ihnen in Zukunft viel Freude mit dem Haus – ich werde ja vermutlich nicht mehr herkommen. Das heißt doch, einmal noch. Wegen der Grotte, die hätte ich fast vergessen!"

Wie elektrisiert fragte Elisabeth Manhart:

„Die Grotte? Was wollen Sie in der Grotte?"

„Wir müssen doch Frau Suttenbergs Mobiliar entfernen und was sie sonst noch dort abgestellt hat."

Frau Manhart, von Ilonas Worten sichtlich beruhigt, sagte:

„Aber damit hat es wirklich keine Eile. Wir benützen die Grotte doch erst wieder im Sommer. Und wissen Sie, jetzt ist es dort ganz muffig und ungemütlich. Da sollten Sie überhaupt nicht so bald hingehen!"

Ilona hatte das Gefühl, Angst aus Elisabeth Manharts Worten herauszuhören. Sie dachte: Tante Charlotte, siehst du mir hier über die Schulter? Oder denke ich nur zu intensiv an deinen Spürsinn und übertreibe ich in dem Wunsch, es dir gleichzutun?

Wie auch immer, dachte Ilona weiter, Klaus sollte vielleicht feststellen lassen, ob alles in Ordnung ist mit der Grotte. Deshalb sagte sie:

„Wenn es Ihnen wirklich nichts ausmacht, dann beherzige ich Ihren Rat, und wir verschieben die Räumung der Grotte bis – also, was würden Sie sagen, bis wann?"

Ilona glaubte zu hören, daß Elisabeth Manhart ein riesiger Stein vom Herzen fiel, als sie antwortete:

„Bis hier wieder alles grünt und blüht! Das wird der richtige Zeitpunkt sein, im Mai oder so. Da ist auch die Fahrt von Wien nach Perchtoldsdorf besonders schön!"

„Mir soll's recht sein. Jetzt muß ich aber oben weitermachen. Nochmals vielen Dank!"

Rasch ging Ilona wieder in Charlotte Suttenbergs Wohnung hinauf. Dort rief sie sofort Mertens an, denn sie war sicher, ihn jetzt, kurz vor fünf, noch im Büro zu erreichen. So war es auch, und Ilona erstattete einen Kurzbericht bezüglich Charly Huber und Grotte. Bei letzterer mit Hinweis darauf, daß Ilona vielleicht nur einer Einbildung aufgesessen sei mit dem Eindruck, Elisabeth Manhart habe Angst gezeigt.

Gleich danach kam, wie versprochen, Josefa Schneider. Für sie hatten Ilona und Friedrich ihre Beratungsergebnisse notiert, und sie kam damit erwartungsgemäß sehr schnell zurecht.

Zwischendurch richtete Josefa Mertens' Grüße aus, die Ilona doppelt überraschten, da er bei dem Telefongespräch vorhin nicht erwähnt hatte, daß er hier gewesen war. Ich habe ihm dazu ja auch gar keine Gelegenheit gegeben, dachte Ilona, so kurz angebunden, wie ich war.

Ilona fragte nun Josefa Schneider nach Charly Huber. Und bekam zur Antwort:

„Ich glaube, das war ein ganz mieser Kerl."

„Wieso?"

„Weil er immer wieder kam, obwohl sie ihn alle nicht mochten, die Manharts, meine ich."

Sehr erstaunt fragte Ilona:

„Warum haben sie ihm nicht die Tür gewiesen?"

„Das habe ich auch nie verstanden. Aber ich habe nicht gefragt, denn es ging mich ja nichts an. Ich glaube, er hat Alice nachgestellt und ließ sich einfach nicht abwimmeln."

Abends kam Mertens zu Ilona. Er berichtete, daß er eine Observierung des Objektes am Schießgrabenstieg angeordnet habe, und daß ein Haussuchungsbefehl für Montag unterwegs sei.

Worauf Ilona ihren Bericht um den von Josefa Schneider beigesteuerten Alice-Aspekt ergänzte. Zu dem Ilona retrospektiv in den Sinn kam, wie Alice reagiert hatte, als der Name Charly Huber gefallen war.

Dann sprach Ilona von all den Empfindungen und Gedanken, die sie im Zusammenhang mit Charlotte Suttenberg gehabt hatte. Einschließlich des starken Gefühls, Charlotte sei an diesem Nachmittag in Perchtoldsdorf neben ihr gestanden oder sogar in ihr gesteckt.

„Ist das schizophren, Kläuschen?"

„Nein, mein Liebes. Es zeigt nur, wie nahe Charlotte Suttenberg dir geblieben ist."

„Hoffentlich bleibt es so. Und wie ist das mit dir?"

Mertens blickte sie fragend an. Und sah, daß sich ihr geliebtes schelmisches Lächeln langsam auf ihren Lippen und in ihren Augen zeigte, als sie fortfuhr:

„Bleibst du heute endlich wieder einmal da?"

„Natürlich! Gerne! Ich wollte selbst gerade fra…"

Ilona verschloß ihm eiligst den Mund mit einem ganz leidenschaftlichen Kuß.

15.

Am Samstag berichtete Ogris, was die Recherchen in Sachen Maturajubiläum betraf, leicht verärgert:

„Mir san no net weiter kumman. Aner woar an dem Tag auf an Kongreß, aner is' jetz' auf an Kongreß, aner is' vor drei Joahr'n bei an Autounfall g'stoar'm. Warum hast' den Manhart net einfach nach seine Zeugen g'fragt?"

„Er soll nicht wissen, daß wir sein Alibi überprüfen."

„Hast a wieda recht! Müass' ma' halt so weiter mach'n."

Auch die Suche nach dem Taxichauffeur erwies sich als etwas kompliziert. Zwar stand bald fest, für welches Funk-Taxi-Unternehmen er gefahren war, aber da gab es einige Krankheitsfälle, Urlaube und viele nur zeitweise Einspringer, sodaß sich die Feststellung verzögerte.

Jedenfalls schien eine möglichst baldige weitere Befragung Rudi Manharts geboten zu sein, was Mertens dem bewährten Team Ogris/Rosenmayer delegierte. Denn jeden Augenblick würde Edith Wimmer bei Mertens erscheinen, die für 9 Uhr geladen war. Und sie kam pünktlich:

Eine junge Frau, die Mertens schon auf dem Begräbnis als ausnehmend hübsch aufgefallen war, wie geschaffen, den Männern scharenweise den Kopf zu verdrehen. Und dieser Wirkung schien sie sich auch voll bewußt zu sein.

„Sie möchten mich sprechen, Herr Major? Was wollen Sie wissen?"

„Sind Sie einmal bei Frau Suttenberg zu Gast gewesen, gnädige Frau?"

„O ja. Warum fragen Sie danach? Sie war eine hervorragende Gastgeberin. Es ist schrecklich, daß sie ermordet wurde!“

„Haben Sie ihre Saliera-Kopie bei Tisch gesehen?“

„Nein, nie.“

Stimmt natürlich, dachte Mertens. Die Saliera war seit zehn Jahren im Safe. Edith Wimmer ist erst fünf Jahre verheiratet und erst seither mit Charlotte Suttenberg bekannt. Aber Mertens stellte gerne zum Anfang Fragen, deren Beantwortung leicht fiel, sodaß sich die zu vernehmende Person sicher fühlte.

„Ist das Ehepaar Manhart einmal mit Ihnen gemeinsam unter den Gästen gewesen?“, fragte Mertens mit Absicht nicht direkt nach Rudi Manhart. Und fügte verharmlosend-erklärend hinzu: „Ich meine Frau Suttenbergs Mieter in Perchtoldsdorf?“

„Ja, ich glaube, vor drei Jahren einmal“, kam es rasch und bestimmt. Und offenbar um das Thema abzuschließen, wurde rasch hinzugefügt: „Seither habe ich sie nicht mehr getroffen.“

Wirklich?, dachte Mertens und stellte die Frage:

„Wissen Sie, daß die beiden Frau Suttenbergs Haus kaufen wollten?“

„Ja“, sagte Edith Wimmer prompt, „aber die Dame wollte sich ja zu Lebzeiten nicht davon trennen.“

„Zu Lebzeiten? Wie meinen Sie das?“, wollte Mertens nun Genaueres hören.

Edith Wimmer tat ihm den Gefallen und erklärte:

„Nach ihrem Tod soll's der, dem sie's vermacht hat, den Manharts verkaufen.“

Nun sagte Mertens:

„Wenn Sie das wissen, gnädige Frau, dann stimmt es aber nicht, daß Sie das Ehepaar seit drei Jahren nicht mehr gesehen haben. Zumindest bei einem Teil muß es viel kürzer her sein."

„Wieso?", fragte Edith Wimmer erschrocken.

„Weil es den Hauskaufwunsch erst seit etwas mehr als einem Jahr gibt. Und was mit dem Haus nach Charlotte Suttenbergs Tod geschehen soll, wissen die Manharts überhaupt erst seit einer Woche."

„Na und?", empörte sich Edith Wimmer nun, „was geht Sie das an? Hat das etwas mit dem Mord an Frau Suttenberg zu tun?"

„Das ist es, was wir prüfen müssen."

Sehr verärgert widersprach sie:

„O nein, mein Mann hat Sie zu diesen Fragen angestiftet, mit seiner ewigen Eifersucht! Daß sich ein Kriminalmajor wie Sie zu so was hergibt!"

Ganz ruhig sagte Mertens:

„Sie vergessen Charly Huber."

Zu Mertens Erstaunen rief Edith Wimmer aus:

„Den werde ich nie vergessen!"

„Warum?"

„Der hat mich im Auftrag meines Mannes beobachtet!"

Trocken stellte Mertens fest:

„Das haben Sie also bemerkt."

Eifrig erklärte Edith Wimmer:

„Weil er uns im Maybach aufgelauert und verfolgt hat! Ich glaube deshalb, er wollte, daß wir ihn entdecken."

„Welchen Grund hätte er dafür gehabt?"

Edith Wimmers Antwort lautete:

„Damit ich sehe, daß mein Mann hinter der Beobachtung steckt. So wollte Charly der Erpressung mehr Nachdruck verleihen, die er dann bei mir versucht hat."

„Was verlangte er?"

„Geld natürlich. Wieviel, weiß ich nicht mehr, weil ich ihm sowieso nichts geben konnte."

Nun wollte Mertens wissen:

„Hat er es nur bei Ihnen versucht?"

Edith Wimmer wich aus:

„Was weiß ich, wen der Mann sonst noch erpressen wollte!"

„Ich meine natürlich: hat er es auch bei Ihrem Liebhaber versucht?"

„Keine Ahnung."

Skeptisch fragte Mertens:

„Hat Ihr Liebhaber nichts davon erzählt?"

„Nein. Ich habe ihm ja auch nichts gesagt."

„Beides glaube ich nicht."

Wütend sagte Edith Wimmer:

„Dann lassen Sie's bleiben! Sie haben überhaupt kein Recht, mir solche Fragen zu stellen. Jedenfalls beantworte ich jetzt keine mehr."

„Sie vergessen Charly Huber."

„Das hatten wir bereits."

Mertens korrigierte:

„Aber nicht seine Unauffindbarkeit. Nach diesem Gespräch muß ein Kriminalmajor wie ich – so sagten Sie doch vorhin – der Sache nachgehen. Nennen Sie den Mann, mit dem Charly Huber Sie beobachtet hat."

„Nie!“

„Dann werde ich wahrscheinlich mit einem Haftbefehl wiederkommen.“

„Sie haben doch gegen mich nichts in der Hand!“

„Das wird sich zeigen.“

Kaum war Edith Wimmer gegangen, wurde Mertens mit einem Anrufer verbunden, der darauf bestand, mit dem Kriminalmajor persönlich zu sprechen,

„Ich habe gehört, daß Sie Zeugen suchen, die Rudi Manharts Anwesenheit bei unserer Maturafeier bestätigen.“

„Wer sind Sie und woher wissen Sie das?“

„Ich bin Doktor Peter Weissmann. Ein Klassenkollege hat mich angerufen. Den hat jemand von Ihrem Büro befragt, aber er ist bei der Feier nicht in Wien gewesen.“

„Vielen Dank, Herr Doktor, aber eine telefonische Aussage genügt nicht. Soll ich einen Kollegen zu Ihnen schicken, oder wollen Sie herkommen?“

Der Anrufer fragte:

„Ist heute um 12 noch jemand in Ihrem Büro?“

„Selbstverständlich.“

„Dann komme ich vorbei.“

Eine Stunde später wiederholte sich dies: Ein zweiter Zeuge, Dr. Balthasar Zwiesler, machte analoge Angaben und würde gegen zwölf zu persönlicher Aussage erscheinen.

Bezüglich des Taxichauffeurs, der Rudi Manhart am 16. Oktober um 16 Uhr 15 beim Asterix-Turm in Donaustadt abgeholt hatte, berichtete Kommissar Wolfgang Bauer nun:

„Der Fahrer, der offiziell dafür eingeteilt war, hat sich illegal vertreten lassen und will den Einspringer nicht verraten."

„Der bekommt wohl sonst Scherereien? Wegen fehlender Arbeitsbewilligung et cetera?"

„Genau. Wir haben mit Beugehaftbefehl gedroht, aber vergeblich."

„Dann werde ich so einen Befehl sofort beantragen. Obwohl einem mancher dieser Schwarzarbeiter sicher leid tun muß. Aber hier geht es immerhin um ein Mordzeitalibi."

„Der Haftbefehl wird uns hoffentlich den Namen bringen. Ob der Mann dann auch zu finden ist, steht immer noch auf einem anderen Blatt."

Um elf Uhr brachte Bauer Rosenmayers Protokoll von der heutigen Befragung Rudi Manharts durch Oberkommissar Ogris. Da stand:

OKO: „Was sagt Ihnan der Name Charly Huber?"

M: „Charly Huber? O ja – das ist der verschwundene Chauffeur von meinem Boss, Max Wimmer."

OKO: „San S' von dem Charly Huber erpreßt woar'n?"

M: „Wie kommen Sie denn auf diese Idee?"

OKO: „Ja oda nein?"

M: „Nein, natürlich! Womit denn auch?"

OKO: „Zum Beispiel mit aner Freundin. Ham' S' ane?"

M: „Das geht Sie gar nichts an."

OKO: „Wia S' manan. Ham' S' a Idee, wiaso der Charly Huber varschwunden is?"

M: „Nicht die geringste! Wieso fragen Sie mich das?"

OKO: „Hat Ihnen der Charly Huber vielleicht amol derzählt, mit wem er die Frau vom Chef beobachtet hat?"

M: „Nein, warum sollte er? Und was hat das alles mit dem Mord an Charlotte Suttenberg zu tun?"

OKO: „Goar nix, vielleicht. Wenn oba doch, dann möcht' ma des herausfind'n. Und Se kennt'n uns dabei hö'fn."

M: „Wie denn?"

OKO: „Sag'n S' zum Beispiel: Wiaso hot der Charly Huber Sie vorig'n Juli und August a poar Mal besucht?"

M: „Woher wissen Sie das?"

OKO: „Vom Herrn Santini. Dem hot der Maybach so g'fall'n, in dem der Charly Huber immer kommen is'."

M: „Ach so."

OKO: „Nun, wos hot der Charly Huber bei Ihnan g'macht?"

M: „Das weiß ich nicht mehr. Wahrscheinlich hat er im Auftrag des Chefs Verschiedenes gebracht oder abgeholt."

OKO: „Er woar also net privat bei Ihnan?"

M: „Natürlich nicht!"

OKO: „Und wiaso is er zuletzt goar net mehr reingangen, sondern hot nur auf Sie g'wart' und is' Ihnan dann nachg'foahrn?"

M: „Ich glaube, der Chef wollte, daß ich dem Charly Huber den Weg zeigen soll, irgendwohin, wo er noch nie gewesen ist."

OKO: „Vielleicht durthin, wo die Frau vom Chef ihr'n G'schamsterer 'troffen hat?"

M: „Wie hätt' ich das wissen sollen?"

OKO: „Wohin dann? Denken S' nach."

M: „Das werde ich tun. Im Augenblick kann ich mich wirklich nicht erinnern. Sobald es mir einfällt, melde ich mich. Oder fragen Sie Max Wimmer, der weiß es vielleicht noch."

OKO: „Danke, Herr Manhart. Des woar's dann."

Aktenvermerk: Rudolf Manhart für Sa., 25. Oktober, ab 11 Uhr zur Protokoll-Unterschrift vorgeladen.

Kaum hatte Mertens zu Ende gelesen, führte Ogris Rudi Manhart herein. Als Manhart unterschrieben hatte, sagte er:

„Kann ich Sie unter vier Augen sprechen, Herr Major?"

„Selbstverständlich."

Ogris verließ das Zimmer, und Mertens fragte sofort:

„Nun, was haben Sie auf dem Herzen?"

„Ich wurde doch gestern gefragt, mit wem Charly Huber die Frau vom Chef beobachtet hat. Das heißt nein, die Frage war, ob er mir das gesagt hat."

„Und? Hat er?"

Rudi Manhart blickte etwas verlegen, dann sagte er leise:

„Nein. Ich hab es von allein gewußt."

„Dafür gibt's dann aber nur eine Erklärung …"

Schnell und eindringlich sagte Rudi Manhart nun:

„Eben, Herr Major. Und deshalb bitte ich um Diskretion und um Verständnis. Ich will weder meinen Job verlieren noch meine Familie. Beides passiert aber, wenn es herauskommt. Drum, bitte, fragen Sie Max Wimmer nicht, wohin ich Charly Huber den Weg hätte zeigen sollen, wie's hier im Protokoll steht."

Mertens versicherte:

„Das einzige, was uns an der Sache interessiert, ist, ob Sie von Charly Huber erpreßt worden sind. Bleiben Sie diesbezüglich bei Ihrem Nein?"

„Natürlich bleibe ich dabei! Bei mir gibt es doch nichts zu holen, Herr Major. Mit dem, was ich verdiene, habe ich meine Familie zu erhalten. Und das hat auch der Charly Huber gewußt! Wenn der wen erpreßt hat, dann jemanden mit entsprechendem Vermögen, aber doch nicht mich!"

„Da wundert es aber einigermaßen, daß Sie Frau Suttenbergs Haus kaufen wollen."

„Wieso? Meine Frau wünscht es sich so sehr. Und ich habe seit vielen Jahren einen geförderten Bausparvertrag laufen. Da bekomme ich das Geld ohne weiteres von meiner Bank."

„Verstehe. Sonst noch etwas?"

„Nein, Herr Major. Danke, daß Sie mir zugehört haben."

Rudi Manhart verabschiedete sich und ging. Gleich darauf kam Ogris zurück. Mertens informierte ihn über Manharts Mitteilung und sagte zum Schluß:

„Ich kann mir nicht helfen, ich habe das Gefühl, der hat seine Beziehung zu Edith Wimmer nur zugegeben, um zu demonstrieren, daß er die Wahrheit sagt."

„Und zwoar – aus an ganz bestimmten ander'n Grund?"

„Ja. Es ist wunderbar, Bertram, daß du immer gleich verstehst, worauf ich hinaus will."

Erfreut über das Lob, wollte Ogris aber nun doch gleich wissen:

„Aus wö'chen ander'n Grund?"

„Damit man ihm auch die Behauptung glaubt, daß er nicht erpreßt worden ist."

Das bedeutete für Ogris:

„Du manst, er is' erpreßt woarn? Vom Charlie Huber?"

„Ja."

„Wiaso glaubst' des?"

„Weil der Huber die beiden erwiesenermaßen beobachtet hat. Auftragswidrig in dem auffallenden Maybach. Außerdem hat Huber seinem Auftraggeber das Ergebnis verschwiegen."

„Und warum hot der Huber dem Max Wimmer nix davon derzählt?"

„Weil dabei für ihn nichts herausgesprungen wäre. Darauf ist er aber aus gewesen, wie der Versuch zeigt, Edith Wimmer zu erpressen."

„Varsteh'. Des hot nix 'bracht'. Und da hat er's dann woahrscheinlich bei eam, bei dem Manhart varsucht."

Mertens bestätigte:

„Eben, genau so seh' ich das."

Nun stellte Ogris die Frage:

„Dann hätt' der Manhart also von irgendwoher Moneten g'habt? Schwoarze vielleicht?"

„Nein, Bertram. Ich glaube, bei der Erpressung, die er leugnet, ist es überhaupt nicht um Geld gegangen, sondern um etwas ganz anderes."

Sofort fragte Ogris:

„Um wos?"

„Das werden wir herausfinden. Ich hab' auch schon eine Idee. Aber jetzt muß ich weg. Ich bin um zwölf in der Stadt zum Essen verabredet."

„Mit deiner Ilona?"

„Nein, mit Max Wimmer."

16.

Max Wimmer hatte in die Rote Bar des Hotels Sacher gebeten, zum vorläufigen Abschied. Umbau und Aufstockung des Hotels standen bevor, mit Schließung der Restaurationsbetriebe für etwa ein halbes Jahr.

Aperitif lehnte Mertens ab, aber gerne folgte er der Empfehlung, als Vorspeise die *Variationen von der Gansleber* zu bestellen. Wobei Wimmer erklärte:

„Meine Lieblingsvorspeise hier. Und wer weiß, ob es die nach der Wiedereröffnung noch geben wird! Was nehmen Sie als Hauptspeise?"

„Danke, gar nichts. Ich esse fast nie zu Mittag und habe nicht viel Zeit. Ich will ja nur den versprochenen Bericht erstatten."

„O ja, bitte. Dann bestelle ich rasch."

Der Kellner, ohnedies aufmerksamst in der Nähe, kam sofort und notierte die beiden Vorspeisen – Max Wimmer würde heute auch nicht mehr essen. Gleich darauf kam der Getränkekellner, bei dem für Mertens Mineralwasser, für Wimmer ein Glas trockener Tokajer zur Gansleber bestellt wurden.

Dann begann Mertens: Edith Wimmer wisse von der Beobachtung durch Charly Huber, erstens von wegen Maybach, zweitens, weil Huber sie erpressen wollte.

Die georderten Getränke wurden gebracht. Als der Kellner außer Hörweite war, sagte Max Wimmer:

„Mein Verdacht gegen Charly war also richtig. So ein Schlitzohr! Und wie sieht's aus mit Rudi Manhart?"

Mertens antwortete wahrheitsgemäß:

„Ihre Frau weigert sich, einen Namen zu nennen."

„Haben Sie ihr deshalb mit Verhaftung gedroht?"

„Das hat sie Ihnen erzählt? Umso besser!"

„Wieso?", wollte Max Wimmer wissen.

„Es zeigt, daß sie die Sache ernst nimmt. Das bringt sie vielleicht doch noch zum Reden. Immerhin gehört sie als Opfer versuchter Erpressung zum Kreis der Verdächtigen, was Hubers spurloses Verschwinden betrifft."

Der Kellner brachte die *Gansleberariationen*, und nachdem sie einander guten Appetit gewünscht hatten, versanken sie für eine Weile in den Genuß dieser Köstlichkeit.

Max Wimmer nahm das Gespräch wieder auf:

„Rudi Manhart selbst wird natürlich nie zugeben, daß er mit meiner Frau etwas hat oder hatte."

Mertens dachte: Daß es Rudi Manhart mir eingestanden hat, darf ich Max Wimmer nicht erzählen – zum Glück? Oder leider?

Da hatte Wimmer schon gefragt:

„Soll ich Charly Hubers Erpressungen in die Öffentlichkeit bringen? Vielleicht mit der Aufforderung an die Opfer, sich zu melden?"

„Ich glaube kaum, daß dies Erfolg hätte."

„Wieso, Herr Major?"

„Weil jedes Opfer den Verdacht fürchten müßte, etwas mit Hubers Verschwinden zu tun zu haben."

„Und wenn ich eine Belohnung aussetze? Dann meldet sich vielleicht einer, der am Verschwinden unschuldig ist, aber von anderen Erpreßten weiß, die sich nicht gemeldet haben."

An diesem Vorschlag fand Mertens Gefallen:

„So was könnte uns natürlich weiterhelfen. Oder zumindest den oder die Schuldigen verunsichern. Und dann machen sie Fehler. Das hat man ja schon öfter erlebt."

„Sie sind also mit einer entsprechenden Meldung einverstanden, Herr Major?"

„Wenn ich sie vorher zu sehen bekomme?"

„Selbstverständlich."

Im Büro berichtete Ogris von den beiden Zeugenaussagen zu der Maturafeier, die wie angekündigt gegen 12 Uhr gemacht worden waren:

„De san leida für de Katz!"

„Wieso?"

„Se ham zwoar g'feiert mit dem Manhart bis um halba zwö'fe. Oba se san sö'ba erst um siebene hinkomman. Jetzt miass' ma' weiter suach'n."

Eine Stunde später erhielt Mertens ein Fax von Max Wimmer, mit dem Entwurf des geplanten Zeitungsaufrufs:

Wie von der Polizei festgestellt wurde, hat der seit über einem Jahr spurlos aus Wien verschwundene Chauffeur Charly Huber mehrere Erpressungen begangen. Geschädigte oder andere Personen, die davon etwas wissen, mögen sich mit der nächsten Polizeidienst stelle in Verbindung setzen.
Für Angaben, die der Aufklärung des Falles dienlich sind, ist je eine Belohnung von 1000,– Euro ausgesetzt.

Diesen Text veränderte Mertens ein wenig und faxte ihn dann mit seinem O. K. zurück:

Der seit 4. September 2002 vermißt gemeldete Chauffeur Charly Huber soll mehrere Erpressungen begangen haben.
Für zweckdienliche Angaben an eine der Polizeidienststellen werden je 1000,– Euro und volle Diskretion zugesichert.

Nun rief Mertens Agnes an, um zu fragen, ob er gebraucht werde oder ob alles, was vor dem Begräbnis Sofies zu tun war, wirklich so automatisch ablief, wie sie es vorausbestimmt hatte.

Und das traf zu: Todesanzeigen und Einladungen zum Trauerempfang waren teils expreß mit der Post unterwegs, teils wurden sie von John ausgefahren.

Alles andere lag in Händen der Bestattungsfirma, deren Chef von Sofie seinerzeit auch gebeten und bevollmächtigt worden war, alles nach ihren Anweisungen mit der Döblinger Friedhofsverwaltung und dem zuständigen Pfarrer zu vereinbaren.

Erst jetzt realisierte Mertens entsetzt, daß er Ilona weder von Sofies Begräbnis am Dienstag noch sonst etwas Einschlägiges erzählt hatte. Wie denn auch? Viel zu wunderbar war es letzte Nacht in Ilonas Armen gewesen, um an irgendetwas anderes zu denken, viel zu glücklich und erschöpft waren sie beide danach, um über irgendetwas zu reden. Und viel zu leidenschaftlich hatten sie sich gleich nach dem Aufwachen in der Früh erneut geliebt, um andere als Worte der Liebe miteinander zu tauschen.

Und nun brannte der Hut!

Wie soll ich, dachte er, nein: wie kann ich mein Schweigen rechtfertigen?

Damit, daß es mir, berauscht von Ilona, die Rede verschlagen hat? Nein, nicht die Rede – daß Gedanken, Vernunft, mein ganzes Hirn benebelt waren?

Denn genau so ist es gewesen!

Ob Ilona mir das glauben wird? Jetzt, ganz nüchtern betrachtet, kommt es mir ja selbst ganz unglaubwürdig vor, daß ein Mann meines Alters die lange erwartete Gelegenheit verpaßt, etwas fundamental Wichtiges zu erzählen, nur weil er von einer Frau dermaßen verzaubert wird, daß er vorübergehend komplett ohne Verstand ist.

Halt! Nein – natürlich nicht von einer Frau, das heißt: nicht von *irgendeiner* Frau. Es war immerhin *diese* Frau, Ilona, und nur sie, bei der mir das passieren konnte!

Darauf dürfte sie –
darauf könnte sie –
darauf sollte sie –
darauf müßte sie –
stolz sein! Sehr sogar!

So würde ich ihr das beibringen, wäre ich ein Macho.

Das bin ich aber nun einmal nicht. Also werde ich es verdammt schwer haben, ihr klarzumachen, daß mich an meinem gestrigen Schweigen keine andere Schuld trifft als die, daß ich sie zu leidenschaftlich liebe.

Hoffentlich gelingt mir das.

Ich werde es gleich heute versuchen. Und natürlich *bevor* wir zu Bett gehen.

Aber daraus wurde nichts. Denn:

17.

Gerade als Mertens von seinem Schreibtisch aufstand und das Büro verlassen wollte, läutete sein Handy. John meldete sich:

„Agnes hat hohes Fieber, gnädiger Herr. Kann ich den Arzt ihrer Erlaucht zu Agnes kommen lassen?"

„Natürlich, John. Und ich komme auch gleich."

Mertens verständigte Ilona, daß es später würde als geplant, ja, daß er heute abend vielleicht gar nicht mehr käme.

„Dann soll ich also allein zu Helene Wächter gehen?"

„Ach, das habe ich ja ganz verschwitzt! Ja, bitte, mein Liebes, geh allein. Und erzähl mir morgen, wie's war. Denn danach wird's ja heute sowieso zu spät."

„Bis morgen also, Kläuschen!"

Verwundert stellte er fest, daß es ihn sehr erleichterte, mit Ilona heute abend nicht zusammen zu sein. Hatte er etwa gestern nacht die fällige Mitteilung gar nicht vergessen, sondern tatsächlich verdrängt? Hatte er sich unbewußt davor gedrückt? Und wenn ja, warum?

Wie gewohnt, stieg er in der Schlickgasse in den hinteren D-Wagen-Waggon. Der Einzelplatz ganz am Ende, wo man gegen die Fahrtrichtung saß, war frei, und er setzte sich dorthin. So hatte er freien Blick auf alles, woran sie jeweils gerade vorbeigefahren waren. Wovon Mertens den Ringstraßenteil zwischen Universität und Oper, mit Burgtheater, Volksgarten, Parlament, den beiden Museen, Heldenplatz und Burggarten besonders liebte, sodaß ihn der optische Genuß während der Fahrt von seinem Problem ablenkte.

In der Wohnung Rennweg 2 berichtete John:

„Der Doktor hat Agnes eine Spritze gegeben, und sie schläft jetzt. Es ist eine Art Aufregungsfieber, hat er gesagt, weil Agnes das Ende von ihrer Erlaucht doch sehr mitgenommen hat. Aber morgen, spätestens Montag werde sie wieder in Ordnung sein."

„Gut zu hören, danke, John. Gibt's sonst etwas Wichtiges?"

„Nein. Das heißt – haben Sie etwas Zeit für mich?"

„Aber gerne."

„Darf ich Ihnen einen Drink machen?"

„Gute Idee. Irish Whiskey bitte, wie immer. Nimm dir auch einen, oder was du willst."

„Danke nein, gnädiger Herr."

„Anordnung von Tante Sofie?"

„Ja, gnädiger Herr. Aber wir haben draußen auch alles, davon kann ich mir dann nehmen."

John ging hinter den Bartresen im Wohnzimmer und schenkte das Getränk für Mertens ein. Das brachte er zusammen mit einem Schüsserl mit Salzmandeln.

„Zum Wohl, gnädiger Herr."

„Danke, John."

Mertens nahm einen Schluck, dann sagte er aufmunternd:

„Also, was ist los?"

„Darf ich ganz offen sein?"

„Heraus mit der Sprache!"

„Ich bin schwul."

„Na und?"

Mertens trank wieder einen Schluck.

„Und nichts. Ich wollte nur, daß Sie es wissen, gnädiger Herr. Denn vielleicht stört es Sie."

„Es geht mich doch überhaupt nichts an. Solange du mir nicht an die Wäsche willst ...“

„Gnädiger Herr!!!“

„Beruhige dich. Ich wollte nur ausdrücken, daß es mir wirklich egal ist.“

„Danke, gnädiger Herr. Aber sollte ich Ihnen eines Tages auf die Nerven gehen ...“

„Dann gnade dir Gott!“

„Sehr wohl, gnädiger Herr.“

Mertens trank.

„Hast du einen Dauerfreund?“

„Ja. Walter Wächter, den ich neulich erwähnte.“

„O ja! Erzähl mir von ihm.“

„Kennen Sie das Antiquitätengeschäft in dem Haus, in dem er wohnt?“

„Ja. Das waren einmal die Urbanek-Antiquitäten. Dort ist Friedrich Kersten Stiller Teilhaber gewesen.“

„Und jetzt ist er das bei den Wächters.“

„Kennst du Kersten näher?“

„Nicht wirklich, gnädiger Herr. Er ist viel im Ausland. Ich weiß nur, daß Helene Wächter ganz verrückt nach ihm ist.“

Mertens nahm wieder einen Schluck.

„Hat Helene Wächter eine sympathische Ausstrahlung?“

„Wahrscheinlich – wenn man auf Frauen gepolt ist. Auf Herrn Kersten bestimmt. Sonst wäre er wohl nicht verliebt in sie.“

„Weißt du, ob Friedrich Kersten bei Wächters von einer Saliera-Kopie gesprochen hat?“

„Ja, gleich, als die echte gestohlen wurde! Da hat er erzählt, eine Tante habe eine Kopie.“

„Wie hat Helene Wächter darauf reagiert?“

„Ganz überschwenglich! Was für eine tolle Tante er habe! Und quasi als ob ihre Seligkeit davon abhinge, das Ding auch nur einmal zu Gesicht zu bekommen.“

„Also übertrieben?“

„Furchtbar übertrieben. Wenn Sie nichts dagegen haben, gnädiger Herr, seh' ich jetzt noch mal nach Agnes.“

„Da komme ich mit.“

Mertens leerte sein Glas und stand auf. Gemeinsam gingen sie zu Agnes' Zimmer. John klopfte sacht an die Türe, dann öffnete er sie langsam.

„Komm nur, John – o, ischtänäm, auch där Härr Major!“

„Was machen Sie denn für Sachen, Agnes? Wie fühlen Sie sich jetzt?“

„Ich fühlä ich mich wie kleinäs Kind, wos hot sein Muttär värlorän. Abär, ischtänäm, ist nicht zu ändärn.“

„Geht es Ihnen wenigstens besser, seit der Doktor da gewesen ist?“

„Ja, dankä, Härr Major, viel bässär. Und morgän ist Sonntag. Da wärdä ich Ihnän bringän das Frühstück ans Bätt.“

„Das kann ich mir natürlich nicht entgehen lassen.“

Frühstück ans Bett, dachte Mertens, habe ich nur von meiner Mutter bekommen, und nur, wenn ich krank war. Das ist so lang her, daß ich gar nicht sagen kann, wie lange. Darum fügte er hinzu:

„Ich werde es sehr genießen, Agnes. Und jetzt schlafen Sie recht, recht gut.“

Mertens ging in sein Badezimmer, duschte und putzte die Zähne. Dann notierte er, daß er Friedrich Kersten fragen wollte, ob er für Helene Wächter die Saliera-Kopie gestohlen habe?

Unsinn! Hätte er Charlotte Suttenberg vor ihrer Wohnungstür liegend gefunden, hätte er sofort Rettung etc alarmiert. Oder?

Konnte Kersten überhaupt wissen, daß Charlotte Suttenberg mit dem Ding nach Hause kam? Und wann? Wo er selbst erst ein paar Stunden wieder in Wien war? Unmöglich!

Unmöglich? Keineswegs! Seine Tochter Karina hielt ständig zu ihm Kontakt. Per SMS – nach Amerika, wie sie meinte. Bei ihrem herzlichen Verhältnis auch zu Ilona war es durchaus möglich, daß Karina von dem Hochzeitsgeschenk berichtet hatte und wann Charlotte damit unterwegs sein wollte. Und daß Kersten diese Nachricht nicht nach Ankunft in New York, sondern in Wien auf seinem Handy las. Und um Helene Wächter einen Herzenswunsch zu erfüllen …

Endlich ging Mertens ins Bett. Und jetzt dachte er sofort an Ilona. Er schalt sich, ein Riesen-Waschlappen zu sein. Der sich scheute, seinen Reichtum zu gestehen, als hätte er den ergaunert oder gestohlen. War es aus angeborener Bescheidenheit? War es, weil er sich nicht wichtig machen sollte? Ohne Antwort zu finden schlief er über dieser Grüblerei ein.

Unterdessen hatte Ilona bei den Geschwistern Wächter in Friedrich Kerstens Beisein bald begriffen, warum Karina die neue große Liebe ihres Vaters nicht leiden konnte:

Helene Wächter war 50 und eine der Frauen, die das Weibchen hervorkehrten, mit viel Dekolletee, Koketterie und Betonung ihrer hausfraulichen Ambitionen.

Die so taten, als sei der Mann, den sie gerade neben sich hatten, das Nonplusultra an Geist, Witz, Charme, Eleganz und Geschmack, als sei er der Inbegriff männlicher Kraft und Überlegenheit, und als könne jede Frau sich sämtliche Finger abschlecken, wenn er ihr auch nur die geringste Beachtung schenkte.

Nun war Friedrich zwar ein objektiv durchaus ansehnlicher 58jähriger Mann: gut aussehend, von angenehmem Wesen, gebildet, erfolgreich, vermögend. Aber das Getue, das Helene um ihn machte und das er sich erstaunlicherweise gerne gefallen ließ, war dermaßen übertrieben, daß Ilona bestürzt an Friedrichs Verstand zu zweifeln begann.

Er konnte sich doch unmöglich selbst für so exorbitant phantastisch halten, wie Helene tat, daß er sei. So stellte sie nach fast jeder Äußerung Friedrichs die rhetorische Frage:

„Ist der Mann nicht wunderbar?!"

Oder sie sagte entzückt:

„Nein, wie großartig du das wieder gesagt hast!"

Oder:

„Wie geschickt du bist bei allem, was du anpackst!"

Ilona dachte: Wenn Friedrich seine fünf Sinne beisammen hat, muß er doch durchschauen, daß sie ihm etwas vormacht! Und sich fragen, warum sie das tut!

Aber allem Anschein nach, dachte Ilona weiter, hat ihn die Frau so umgarnt, daß er dazu gar nicht imstande ist. Oder genießt er ihr Verhalten so sehr, daß er seinen Verstand gar nicht gebrauchen *will*?

Wenn es so ist, muß man ihn wohl gewähren lassen.

Alles, was zu tun in Frage kommt, ist vielleicht der Versuch, Friedrich klarzumachen, daß er von Karina weder erwarten noch verlangen kann, eine Frau wie diese an seiner Seite zu *mögen*. Und daß er Karina nicht übelnehmen darf, daß sie es *nicht* tut.

Zu diesen Erkenntnissen gelangt, verabschiedete sich Ilona von den Gastgebern und von Friedrich:

„Ich bitte um Verständnis für mein frühes Aufbrechen. Aber ich möchte zu Hause sein, falls mein Verlobter heute abend doch noch kommt."

Was keine Lüge war. Denn mochte Ilona auch wissen, daß Mertens heute ausbleiben würde, so war doch ein Hoffen darauf, daß es anders käme, die Wahrheit.

Daß Mertens dann auch den ganzen Sonntag nicht zu Ilona kam, war nicht seine Schuld, sondern die jener Mitarbeiter, die den Auftrag hatten, das Grundstück am Schießgrabensteig zu beobachten.

Mit ihnen hielten Ogris und Mertens am Sonntag im Büro ständigen Telefonkontakt. Nachmittags stand dann fest, daß Mertens *heute schon* in Perchtoldsdorf gebraucht wurde. Zu einer Aktion, deren Durchführung bis 20 Uhr dauerte.

Weshalb Mertens gleich dort blieb und in einem Gasthof übernachtete, war doch für 7 Uhr früh die Hausdurchsuchung bei Manharts angesetzt.

18.

Am Montag erschien der Aufruf bezüglich Charly Huber nicht nur in Max Wimmers Blatt, sondern in allen Tageszeitungen.

Um sieben Uhr läutete es bei Manharts am Schießgrabensteig. Rudi Manhart öffnete. Er war bereits fertig, um in seine Redaktion zu fahren.

„Guten Morgen. Mertens, Kriminalpolizei."

„O, der Herr Kriminalmajor persönlich! Guten Morgen. Wir, mit unseren Frühaufsteherberufen …"

„Wir haben einen Hausdurchsuchungsbefehl, Herr Manhart. Bitte, hier" sagte Mertens und trat mit zwei Begleitern ein.

Rudi Manhart nahm das Papier und las es. Dann sagte er seiner Frau Bescheid, die gerade Rolli für die Schule weckte. Alice informierte er durch die Badezimmertüre.

Die Begleiter begannen in der Garage. Manhart führte Mertens ins Wohnzimmer.

„Wollen Sie inzwischen Platz nehmen, Herr Major, während Ihre Leute suchen? Meine Frau chauffiert die Kinder und verläßt mit ihnen das Haus zwanzig vor acht. Dann sind Sie ganz ungestört."

„Danke."

Mertens und Rudi Manhart setzten sich zum Couchtisch.

„Was und wieso suchen Sie bei uns?"

„Frau Suttenbergs Saliera-Kopie ist verschwunden. Frau Bergmann hatte am Freitag den Eindruck, daß man hier etwas zu verbergen hat. Wir müssen diesen Verdacht verfolgen."

„Der Verdacht ist lächerlich! Sie werden nichts finden."

„Ich habe übrigens Friedrich Kersten für halb acht herbestellt."

„Als Zeugen oder als Verdächtigen?"

„Das wird sich bald zeigen, wenn Sie mir helfen?"

„Aber gerne. Wie spannend!"

Es läutete an der Haustüre. Elisabeth Manhart öffnete. Gleich darauf kam Friedrich Kersten ins Wohnzimmer.

„Ich bin ein wenig zu früh. Guten Morgen, die Herren. Soll ich draußen warten, Herr Major?"

„Nein, bleiben Sie nur gleich da und setzen Sie sich zu uns."

Friedrich Kersten nahm beim Couchtisch Platz. Mertens begann:

„Wie Sie wissen, ist die Saliera-Kopie von Frau Suttenberg verschwunden."

„Ja. Und Tante Charlotte hatte sie höchstwahrscheinlich bei sich, als sie ermordet wurde."

„Richtig. Herr Manhart fragte gerade, ob Sie herbestellt wurden, weil Sie verdächtig sind. Was glauben Sie, Herr Kersten?"

„Natürlich bin ich verdächtig. Weil mein ursprüngliches Alibi nicht gestimmt hat. Aber bei mir kommt Verdacht doch höchstens wegen der Saliera in Betracht, keinesfalls als Mörder Tante Charlottes!"

Schon mischte sich Rudi Manhart ein:

„Wenn aber das eine ohne das andere nicht zu haben war?"

„Ich schwöre, daß ich mit dem Verschwinden des Kunstgegenstandes nichts zu tun habe!"

„Wirklich, Herr Kersten?", sagte nun wieder Mertens, „Sie sollen mit einer Dame befreundet sein, die viel darum geben würde, das Ding auch nur einmal zu Gesicht zu bekommen, sagt ein Zeuge."

„Der Zeuge hat recht, Herr Major. Aber das hätte mich doch niemals zum Stehlen, geschweige denn zum Raubmord gebracht! Noch dazu, wo besagte Dame die Sache ja nach Ilonas Hochzeit bestimmt einmal bei Ihnen beiden hätte anschauen können."

„Selbst besitzen ist aber etwas ganz anderes!", warf Manhart ein.

Kersten sprang auf:

„Ich protestiere dagegen, wie ich hier behandelt werde, Herr Major! Sie haben mich herbestellt, um Ihnen zu helfen …"

Mertens schnitt Kersten das Wort ab:

„Geduld, Geduld! Setzen Sie sich wieder. Auch Herrn Manhart habe ich um Hilfe gebeten. Wir werden bestimmt ans Ziel kommen, aber nur, wenn wir ganz systematisch vorgehen."

„Sehr richtig, Herr Major", sagte Rudi Manhart. „Also bitte weiter. Ich sollte nämlich schon längst ins Büro unterwegs sein."

Merten fuhr fort:

„Sie wußten, Herr Kersten, daß die Saliera-Kopie Ilona Bergmanns Hochzeitsgeschenk sein sollte?"

„Ja, schon lange."

„Ich hingegen hatte keine Ahnung davon!"

„Das haben Sie ja schon zu Protokoll gegeben, Herr Manhart. Jetzt ist Herr Kersten an der Reihe."

Und diesem wieder zugewandt sagte Mertens:

„Als Kunst- und Antiquitätenhändler liegt nun allerdings Ihr Interesse an der Saliera-Kopie so sehr auf der Hand, daß Sie bestimmt nicht riskiert hätten, sich diesbezüglich einem Verdacht auszusetzen."

Friedrich Kersten reagierte hierauf mit einem Seufzer der Erleichterung. Um gleich darauf in Schreck zu verfallen, weil Mertens fortsetzte:

„Da sieht es mit dem Tod von Frau Suttenberg schon ganz anders aus."

„Was soll das heißen?"

„Da jeder Ihre Wertschätzung dieser Frau kannte, würde Ihnen diesen Mord niemand zutrauen."

„Na also!"

„Niemand, der nicht wußte, daß Sie ein massives Motiv hatten."

„Ich? Nie im Leben! Welches Motiv sollte das gewesen sein?"

„Rache."

„Wofür, um Himmelswillen?"

„Dafür, daß nicht Sie zum Erben eingesetzt wurden, sondern Ilona Bergmann. Auch das wußten Sie schon lange."

„Stimmt. Aber ich fand das ganz in Ordnung. Denn von uns beiden Nicht-Blutsverwandten stand Ilona Tante Charlotte viel näher als ich. Außerdem sollte ich ja nicht leer ausgehen. Im Gegenteil, was mir zugedacht wurde, ist eine Menge wert!"

„Aber viel weniger als die Universalerbschaft!“ warf Rudi Manhart ein.

„Jedoch reichlich genug, um keine Rachegelüste zu haben!“, lautete Kerstens Antwort. Hierauf Mertens:

„Da gibt's jetzt noch eine andere Sache. Charly Huber – sagt Ihnen der Name etwas?“

„Natürlich! Charly war der Chauffeur meines alten Freundes Max Wimmer und ist spurlos verschwunden.“

„Wurden Sie von Charly Huber erpreßt?“

„Nein, wieso?“

Mertens deutete auf die Zeitung, die vor ihnen auf dem Tisch lag, mit dem einschlägigen Aufruf auf Seite eins.

„Sehen Sie sich das an.“

Als Friedrich Kersten gelesen hatte, sagte er:

„Glauben Sie, daß sich jemand melden wird?“

„Wir hoffen es.“

„Wir?“, kam es von Rudi Manhart, „haben Sie denn jetzt auch damit zu tun? Mit dem Verschwinden von Charly Huber?“

„Allerdings, Herr Manhart. Nun zurück zu Frau Suttenberg. Und zwar zu dem Drohbrief, den wir bei ihr gefunden haben.“

„Was für einen Drohbrief?“, fragte Kersten entsetzt.

„Den hat einer geschrieben, der unbedingt die Saliera haben wollte. Das würde doch gut zu Ihnen passen, bei Ihrem Beruf, Herr Kersten.“

„Aber von mir gibt es keinen Drohbrief! Außerdem – wie hätte ich wissen können, wann Tante Charlotte an dem Donnerstag nach Hause kam? Und daß sie die Saliera-Kopie dabei hatte?“

„Durch ein SMS Ihrer Tochter Karina.“

„Sehr gut, daß Sie das sagen! An dem Tag hat mich Karina überhaupt nicht kontaktiert, weil sie dachte, ich säße im Flieger nach New York, mit abgestelltem Handy.“

„Das könnte stimmen.“

„Prüfen Sie die Detailangaben auf der Handyrechnung meiner Tochter! Die erste Nachricht, die ich dann am Freitag bekam, war die von Tante Charlottes Tod. Und ich schwöre, daß ich weder mit diesem noch mit einem Drohbrief das geringste zu tun habe!“

„Gut, ich glaube Ihnen. Vor allem, weil in dem Drohbrief steht, daß Frau Suttenberg ihr Perchtoldsdorfer Haus sofort an Herrn Manhart verkaufen soll.“

„Das ist nicht wahr!“, platzte dieser heraus.

„Stimmt“, sagte Mertens und wählte auf seinem Handy die gespeicherte Nummer eines der Begleiter, und nach dem ersten Verbindungston drückte er auf Ende. Inzwischen hatte Manhart sich hastig korrigiert:

„Ich meine natürlich: das kann nicht wahr sein!“

„Jedenfalls, Herr Manhart, laufen bei Ihnen alle Fäden wunderschön zusammen. Vom Drohbrief bis zu Charly Huber.“

„Charly Huber? Sind Sie wahnsinnig? Nur, weil dieser Herr Santini gesehen hat, daß der ein paar Mal bei uns gewesen ist?“

„Nicht nur deswegen. Sondern auch, weil wir inzwischen wissen, daß Charly Huber hinter Ihrer Tochter Alice her war, die ihn aber gar nicht mochte.“

„Wer sagt das?“

„Josefa Schneider.“

„Diese tratschenden Weiber! Überhaupt, ich will jetzt endlich ins Büro." Rudi Manhart stand auf. „Sie brauchen mich ja nicht beim Suchen. Schlagen Sie einfach die Tür ordentlich zu, wenn Sie gehen."

„Sie bleiben hier! Schon allein weil Sie wissen, was *nicht* im Drohbrief steht."

Rudi Manhart sah, daß die beiden Begleiter von Mertens eintraten und sich bei der Wohnzimmertüre postierten. So setzte er sich wieder hin.

Mertens' Handy läutete. Mertens ging damit außer Hörweite der anderen zum Fenster und antwortete:

„Ja bitte?"

„Bauer hier. Wir haben jetzt zwei Zeugen, die von Anfang an bei der Maturafeier waren."

„Und? Was sagen die?"

„Der Manhart ist erst eine Stunde später gekommen."

„Paßt bestens!"

„Und der Taxifahrer ist jetzt unterwegs zu uns."

„Sehr gut. Da können wir, wenn nötig, morgen eine Gegenüberstellung machen. Danke, Wolfi!"

Mertens ging zu seinem Platz beim Couchtisch zurück. Rudi Manhart wollte wissen:

„Was heißt *schon allein* wegen des Drohbriefes? Welchen anderen Grund haben Sie, mich hier festzuhalten?"

„Sie haben recht, beim Suchen brauchen wir Sie wirklich nicht. Und zwar deshalb, weil wir schon gefunden haben. Gestern. Deshalb verhafte ich Sie jetzt wegen des Verdachtes, Charly Huber und Charlotte Suttenberg ermordet zu haben."

Mertens holte den Haftbefehl heraus. Rudi Manhart sprang auf, schnappte nach Luft und setzte sich wieder.

„*Wo* haben Sie *was* gefunden – gestern?"

„Wir haben im Wald versteckt zugesehen und mit Kamera festgehalten, wie Sie in der Grotte den Meinl-Sack mit der Saliera-Kopie ausgebuddelt haben."

„Das gibt's nicht! Vom Wald aus kann man in die Grotte nicht hineinsehen!"

„Stimmt. Wir sahen Sie gegen Abend mit Schaufel und Spitzhacke hineingehen und nach einer halben Stunde mit der Beute herauskommen. Die Kamera hatten wir vormittags in der Grotte montiert."

„Das ist Hausfriedensbruch!"

„Mordaufklärung hat Vorrang. Zumal Sie danach Charly Hubers Leiche ausgegraben haben, die in Plastik und Segeltuch fest verpackt und verschnürt war."

„Verdammt!"

„Wie wär's jetzt mit Geständnissen?"

„Ich denke nicht daran!"

„Wie wollen Sie diese Fakten entkräften?"

„Sehr einfach! Ich hatte einen Tip bekommen, daß mir Kuckuckseier in die Grotte gelegt worden sind. Die wollte ich selbstverständlich verschwinden lassen. Mit den Morden habe ich nichts zu tun, dafür gibt's keinen Beweis!"

„Bei Charly Huber wird es den geben, sobald wir Ihre verschreckte Tochter Alice vernehmen. Das können Sie ihr ersparen, wenn Sie reden."

Rudi Manhart wollte sichtlich Zeit gewinnen, als er fragte:

„Warum haben Sie mich nicht gleich gestern verhaftet?"

„Wir haben abgewartet, was Sie mit den Corpora delicti tun. Wären das nämlich wirklich Kuckuckseier gewesen, die Sie durch einen Tip gefunden haben, hätten Sie ja wohl selbst gleich die Polizei gerufen, anstatt sie anderswo abzulegen."

„Aber dann hätte man mir bestimmt genauso wenig geglaubt, wie Sie das jetzt tun. Ich weiß doch, daß Sie mich wegen der Saliera und wegen Charly Huber schon in Verdacht hatten. Und Charly Hubers Leiche *hier* in *dieser* Grotte ..."

„Sehen Sie, Herr Manhart: Sie wußten, daß es Charly Hubers Leiche war. Wir haben das erst nach Öffnung der Verpackung festgestellt. Beziehungsweise durch Expreß-DNA-Analyse der entnommenen Probe, die unsere Kollegen im Labor durchgeführt haben. Weil Plastik und Segeltuch die Verwesung natürlich nicht verhindert haben."

„Na und?"

„Na und? Jetzt fragt sich natürlich, wie *Sie* wissen konnten, ganz ohne weiteres, was in der Verpackung drin gewesen ist?"

„Das hat mir der Tipgeber gesagt."

„Wer war das?"

„Der ist anonym geblieben."

„Warum haben Sie Charlotte Suttenberg getötet?"

„Das habe ich nicht!"

„Ihr Alibi ist geplatzt. Sie sind erst um 18 Uhr zu der Maturafeier gekommen."

„Das beweist doch nicht, daß ich Frau Suttenberg ermordet habe!"

„Ihre Fingerabdrücke werden es beweisen."

„Meine Finger- … Nein! Das gibt's doch nicht! Sie wollen mich hineinlegen!"

„Sie haben sich selbst hineingelegt. Perlenkette, Handtasche, Drohbrief …"

„Verdammt! Ich hätte an Handschuhe denken müssen!"

„Und der Taxichauffeur sagt in meinem Büro jetzt bestimmt gerade aus, daß er Sie vom Asterix-Turm nicht nach Sievering, sondern zum Opernring geführt hat."

„Scheiße!"

„Also: Warum?"

Rudi Manhart schwieg eine Weile, dann sagte er:

„Frau Suttenberg wollte plötzlich ihre Sachen aus der Grotte holen, in der sie seit ewigen Zeiten nicht mehr gewesen ist. Sie hätte die Vergrabungsspuren bestimmt entdeckt und dann alles andere."

„Aber warum haben Sie Frau Suttenberg gleich ermordet, als Sie von ihrer Absicht erfuhren, anstatt bloß das Segeltuchpaket zu entfernen?"

„Dann wäre doch die Ausgrabung ganz frisch gewesen! Frau Suttenberg hätte der Sache jedenfalls nachgespürt – Sie wissen ja, wie gut sie das konnte!"

„Folglich war dies auch der wahre Grund, warum Sie das Haus auf einmal kaufen wollten, nach sieben Jahren Miete! Weil sich nun die Charly-Huber-Packung in der Grotte befand! Frau Suttenbergs Auszug sollte die Gefahr jeder Nachforschung beseitigen."

„Natürlich. Dann wäre die Leiche nie gefunden worden."

„Allerdings – Frau Suttenberg wäre doch bestimmt nicht ausgezogen, ohne ihre Sachen aus der Grotte zu entfernen."

„Doch. Denn sie hatte mir bei unserem Einzug, zur Vermeidung von Irrtümern, eine Kopie der Liste gegeben, in der ihr Grotten-Inventar verzeichnet war."

„Na und?"

„Bei meinem Hauskaufangebot schlug ich vor, sie möge die Stücke, die sie davon beim Auszug mitnehmen wollte, ankreuzen – die würden wir dann zum Abtransport bereitstellen. Den Rest hätte ich ihr abgekauft. Aber dazu kam's ja nicht."

„Wäre das Verfahren nach der Inventarliste jetzt nicht mehr möglich gewesen?"

„Doch. Aber Frau Suttenberg hat gesagt, sie freue sich so sehr darauf, die Grotte zum Abschied noch einmal richtig in Augenschein zu nehmen."

„Und jetzt, weil Frau Bergmann und Herr Kersten hinein wollten, haben Sie die Verbrechensbeweise entfernt?"

„Ja. Denn Elisabeth, meine Frau, glaubt, Frau Bergmann habe Verdacht geschöpft, als Elisabeth wegen der Jahreszeit von der Grotte abgeraten hat. Immerhin war Elisabeth auch nach Charly Huber gefragt worden. Da blieb mir nichts anderes übrig."

„Ihre Frau hat also gewußt, was es in der Grotte zu entdecken gab."

„Sie hatte mir doch damals helfen müssen. Also gegraben hab' ich allein. Aber das Verpacken …"

„Und damit Frau Bergmann und Herr Kersten die frischen Spuren vom Ausgraben der Saliera nicht bemerken, haben Sie einen großen Teppich in die Grotte geschleppt und die Stelle unter den Liegen abgedeckt, wie unsere Kameras zeigen."

„Ja, natürlich! Ich dachte, wenn Frau Bergmann und Herr Kersten dann eines Tages kommen, können sie ja nicht wissen, seit wann erst der Teppich dort liegt, und werden nichts darunter vermuten."

„Wie war das nun genau mit Charly Huber? Von Anfang an – oder soll ich Ihre Tochter fragen?"

„Nein, Ich sag' schon alles! Also: Charly Huber wollte mit Alice schlafen. Aber sie hat ihn immer abgewiesen."

„Das wollte er nicht akzeptieren?"

„Er dachte gar nicht daran. Obwohl sie ihm mit ihren gerade 16 Jahren, also in vollem Teenager-Selbstbewußtsein, ihre riesige Aversion ins Gesicht geschleudert hatte. Das reizte ihn umso mehr."

„Was geschah?"

„Das Schwein hat verlangt, daß ich Alice sage, wenn sie ihm nicht zu Willen sei, dann werde ihr Vater seinen Job verlieren. Weil Max Wimmer dann von ihm, Charly Huber, erfährt, daß ihr Vater ein Verhältnis mit Wimmers Frau hat."

„Wie reagierten Sie?"

„Ich habe einen Tag Bedenkzeit verlangt. Nachdem ich mit Alice gesprochen hatte, habe ich dem Deal zum Schein zugestimmt. Und angeboten, ihn mit meinem Wagen abzuholen."

„Darauf ist er eingegangen?"

„Gerne sogar. Weil ich sagte, dann könne er nach Lust und Laune trinken."

„Wo ließ er sich abholen?"

„Auf der Höhenstraße. Dort, wo der Maybach dann gefunden wurde. Warum er sich diesen Platz ausgesucht hat, weiß ich nicht."

„Wohin fuhren Sie mit ihm?“

„Hierher natürlich. Meine Frau und die beiden anderen Kinder hatte ich ins Strandbad nach Baden geschickt.“

„Und Alice?“

„Ich habe den Kerl zur Grotte geführt. Dort saß Alice auf der Kante einer Liege und winkte ihn zu sich.“

„Er wurde nicht mißtrauisch?“

„Dazu war er viel zu eingebildet. Und viel zu geil auf Alice. Jedenfalls, als er sich zu Alice beugte, habe ich ihm von hinten mit einem großen Stein den Schädel eingeschlagen.“

„Kein Wunder, daß Ihre Tochter verschreckt wirkt, nach diesem Erlebnis.“

„Es ging nicht anders, wenn ich meinen Job retten wollte. Davon wußte meine Frau natürlich nichts, sie dachte, es sei alles nur wegen Alice gewesen.“

„Deshalb haben Sie auch noch immer nicht mit Edith Wimmer Schluß gemacht.“

„Woher wissen Sie das?“

„Durch Edith Wimmers Informationen.“

„Daß Frauen nicht den Mund halten können! Also gut, die Sache läuft weiter. Sie haben Edith gesehen, also werden Sie das wohl verstehen.“

„Nicht wirklich. Darauf kommt's ja auch nicht an. Was mich aber sehr interessiert, ist, wie Sie es fertigbringen konnten, eine Frau wie Charlotte Suttenberg zu töten! Nur um nicht für den Mord an Charly Huber einstehen zu müssen.“

„Der ist doch eine Laus gewesen! Und er war nicht anders von meiner Tochter abzuhalten!“

„Das stimmt doch nicht! Sie hätten nur Manns genug sein müssen, selbst reinen Tisch zu machen, so oder so, und die Konsequenzen in Kauf zu nehmen! Stattdessen haben Sie es vorgezogen, Charly Huber ausgeliefert zu bleiben!“

„Man sollte mir dankbar sein, daß es Charly Huber nicht mehr gibt, diese elende Kreatur! Wer weiß, wen der noch alles ins Unglück gestürzt hätte!“

„Sie lenken ab von Frau Suttenberg! Verständlich. Denn für ihren Tod hat bestimmt nicht einmal jemand wie Sie auch nur den Schatten einer Rechtfertigung!“

„Ach, lassen Sie mich doch in Ruhe!“

„Dann schreiben Sie eine Nachricht an Ihre Familie. Wir nehmen Sie jetzt mit.“

Während Rudi Manhart seine Notiz zu Papier brachte, fragte Friedrich Kersten:

„Warum, Herr Major, haben Sie mich nun wirklich herbestellt?“

„Um den Mann möglichst lange in Sicherheit zu wiegen. Damit er dann ganz plötzlich in die Falle tappen würde – das falsche Zitat aus dem Drohbrief.“

„Damit haben Sie ihn wunderbar überrumpelt!“

Dieses Wort konnte Mertens nicht mehr leiden, seit er selbst sich so fühlte: durch die Adoption, ihre Folgen und die bis jetzt nicht gefundene Gelegenheit, Ilona in seine neuen Lebensumstände einzuweihen.

Inzwischen hatte Friedrich Kersten weitergesprochen:

„… Danke, daß Sie mich das miterleben ließen. Ilona wäre bestimmt auch gerne dabei gewesen.“

„Das durfte aber nur jemand sein, den ich als verdächtig behandeln konnte. Bei Ihrer Anhänglichkeit an Charlotte Suttenberg werden Sie mir das hoffentlich verzeihen …“

19.

Nach Wien zurückgekehrt, wurde zuerst hinsichtlich des Verhafteten, so weit möglich, alles für Staatsanwalt und Untersuchungsrichter vorbereitet.

Mertens stellte auch für denjenigen, der die nächste Vernehmung Rudi Manharts durchzuführen haben würde, per Diktafon eine Liste offener Fragen zusammen.

So hatte Mertens bezüglich Charly Huber vergessen, nach dem Tag des Mordes zu fragen.

Was Charlotte Suttenberg betraf, so würde Rudi Manhart seine Version der Taxifahrt ab Asterix-Turm zu schildern haben, ferner, wie er in das Haus am Opernring hineingekommen war, welches Mittel er zur Betäubung Charlotte Suttenbergs verwendet und warum er den Sack mit der Saliera an sich genommen hatte – obwohl die Irreführungsabsicht hier wohl auf der Hand lag.

Allenfalls würde zu klären sein, ob Elisabeth Manhart in dieses Verbrechen eingeweiht war und ob sie etwa ihrem Mann per Handy gemeldet hatte, wann Charlotte Suttenberg an jenem Donnerstag aus Perchtoldsdorf weggefahren war.

Erst als all dies diktiert war, rief Mertens Ilona an, die ihn gar nicht zu Wort kommen ließ:

„Ich bin froh, daß du das geschafft hast! Gratuliere, Kläuschen! Tante Charlotte wäre bestimmt auch stolz auf dich!"

„Friedrich Kersten hat dich also schon informiert."

„Ja. Du hast ihn wieder sehr beeindruckt! Er kommt übrigens zum Mittagessen. Ich will mit ihm reden wegen Karina und dieser Frau, du weißt."

„Ja, mein Liebes. Können wir nun bald einen neuen Hochzeitstermin festlegen?“

„Natürlich, sobald du willst. Wann seh’ ich dich heute?“

„Heute wird’s leider nicht gehen. Jetzt muß erst Aktenkram erledigt werden, und dann – o, das konnte ich dir noch gar nicht sagen: morgen ist das Begräbnis von Tante Sofie. Und da haben sich für den Abend einige Kondolenz-Besucher angesagt …“

„Verstehe. Ich komme natürlich auf den Friedhof. Wo und wann?“

„Döbling, 11 Uhr. Aber tu dir das doch nicht an, ein zweites Begräbnis in so kurzem Abstand!“

„Immer bist du so rücksichtsvoll! Auch das liebe ich so sehr an dir! Aber selbstverständlich lasse ich dich morgen nicht allein.“

„Danke, mein Liebes“, sagte Mertens mit einem unangenehmen Gefühl in der Magengegend. „Aber bitte, vor unserer Hochzeit – muß ich dir unbedingt etwas ganz, ganz Wichtiges sagen.“

„Daß du mich liebst, hoffe ich. Was Wichtigeres gibt’s nicht für mich.“

„Trotzdem – da ist etwas, was ich schon längst hätte sagen sollen …“

„Und warum hast du nicht?“

„Teils gab’s im Trubel der letzten Woche keine Zeit dafür, teils keine passende Gelegenheit …“

„Dann wird’s schon nicht so wichtig sein.“

„Leider doch.“

„Dann sag’s jetzt.“

„Am Telefon? Ausgeschlossen!“

„Also dann bis morgen, Kläuschen."

Unwillkürlich sagte Mertens:

„Bitte komm nicht! Quasi zur Strafe für mein Schweigen, dann wäre mir wohler."

„Seit wann hast du eine masochistische Ader? Nein, verzeih, du sagst das ja auch wieder nur, um mir den Friedhofsbesuch zu ersparen. Das ist wirklich wahnsinnig lieb von dir! Natürlich komme ich jetzt erst recht!"

Bei Ilonas Mittagsgespräch mit Friedrich sagte dieser:

„Ich weiß absolut, was von Helene Wächter zu halten ist. Aber ich genieße es einfach, sie um mich zu haben. Außerdem gibt es mir das angenehme Gefühl, ein gutes Werk zu tun, wenn ich mich von ihr verwöhnen lasse."

„Du läßt Helenes Überschwenglichkeit also über dich ergehen, weil s i e dabei in ihrem Element ist?"

„Gewissermaßen. Wobei es mir natürlich kein bißchen weh tut, ständig gelobt und umsorgt zu werden."

„Ich hoffe, Karina das klarmachen zu können."

„Dann sag ihr bitte auch, daß ich Helene zwar wahrscheinlich heiraten werde. Aber nur, wenn sie einem Ehevertrag zustimmt, der sicherstellt, daß Karinas Anspruch im Vergleich zu jetzt um keinen einzigen Gegenstand oder Euro verkürzt wird."

„Ich glaube, Karina liegt vor allem daran, dich nicht als komplett verblendeten Gockel erleben zu müssen."

„Ich weiß. Daher der Schwindel mit New York. Der sollte ihr eine Woche Miterleben ersparen, bevor ich jetzt sowieso schon wieder bald auf Reisen gehe."

„Ja dann ..."

Die Entgegennahme persönlicher Kondolenzen am Tag vor dem Begräbnis hatte Sofie – in dem von ihr formulierten Partezetteltext – mit 16 bis 20 Uhr, Rennweg 2, festgesetzt.

So wurden dort in dieser Zeit Kondolenzbesuche gemacht entweder, weil man verhindert war, am Begräbnis teilzunehmen, oder weil man vorher und abseits davon den Mann einmal sehen wollte, den Sofie Mayersberg adoptiert hatte. Daß dies geschehen war, wußten ihre Freunde und Bekannten aus einer damals sofort veranlaßten Aussendung.

Als dieser Empfang – mit Sekt und von Agnes fabrizierten kleinen Happen – vorüber war, setzte sich Mertens an den Schreibtisch in der Bibliothek und dachte nach.

Einerseits darüber, was ihn an den Beileidsbezeugungen der letzten Stunden, teilweise auch an deren Urhebern, so beeindruckt hatte, daß ihm Tante Sofie und folglich auch seine eigene Herkunft plötzlich in ganz neuem Licht erschienen.

Andererseits, wie er Ilona seine veränderte Gesamtsituation, insbesondere aber das Faktum erklären sollte, wieso sie nicht längst von all dem informiert worden war. Dabei drehten sich seine Gedanken im Kreis, und er kam auf keinen grünen Zweig. Deshalb rief er nun Agnes und John zu sich.

„Wer gibt mir einen Rat? Ilona Bergmann weiß noch immer nichts von euch und dem übrigen."

Sofort bot John an:

„Soll ich hinfahren, gnädiger Herr, und ihr alles erzählen?"

Worauf Agnes empört einwandte:

„Nein, ischtänäm, das muß där Härr Major sälbär machän!“

Mertens gab ihr sofort recht:

„Natürlich, Agnes. Mein Problem ist ja nur, ob sie mein langes Schweigen verzeiht.“

In geboten respektvollem Ton brachte John vor:

„Also, wenn Frau Bergmann Sie wirklich liebt, pardon, gnädiger Herr, dann tut sie es bestimmt.“

„Allärdings“, meinte Agnes sofort dazu, „Sie müssän findän richtigä Wortä. Mann meinigäs hot immär gesogt: bei Frauän Liebe gäht durch die Ohrän!“

„Genau das ist der springende Punkt!“, sagte Mertens. „Also nicht ihre Liebe, die gehört mir schon. Aber die richtigen Worte, damit mir verziehen wird! Wenn ich die nicht finde ...“

Agnes wußte auch hierzu etwas Passendes beizutragen:

„Mann meiniges hot immär gäsogt, bessär nicht värzeihän, abär weitär lieben, als umgäkährt.“

Mertens fragte:

„Was ist gemeint mit umgekehrt?“

Agnes erklärte:

„Also zum Beispiel: wänn Sie habän schönstä Vasä zärschmissän, man kann Ihnän värzeihän, abär Vasä bleibt kaputt.“

„Da haben Sie jetzt Vase gesagt, aber Liebe gemeint?“

„Ja, Härr Major, so ist das nämlich, ischtänäm.“

20.

Am nächsten Morgen erwachte Mertens schweißgebadet aus einem Albtraum:

Er war zu Ilona gefahren, um alles zu erzählen, und als er damit begann, war seine Stimme absolut tonlos. Hierauf wollte er aufschreiben, was er nicht sagen konnte, aber das Papier blieb weiß, sein Kugelschreiber war am Ende. Die Spitze des Bleistifts, mit dem er es dann versuchte, brach dauernd ab. Da verlor Ilona die Geduld und schickte Mertens fort.

Es war jetzt sieben Uhr, noch etwas zu früh, um Ilona anzurufen. Mertens duschte und zog sich an. Dann wählte er Ilonas Nummer. Dorothea hob ab:

„Bei Frau Bergmann."

„Guten Morgen, Dorothea, Mertens hier. Kann ich …"

„Ilona ist gerade aus dem Haus gegangen. Sie will um 8 Uhr bei den Bundestheaterkassen sein, für 28. November, Staatsoper."

„Geht das nicht übers Internet?"

„Erst ab 10 Uhr. Da ist oft schon weg, was man haben möchte."

„Kommt sie vor dem Begräbnis noch einmal nach Hause?"

„Nein, Herr Major. Sie geht um 9 Uhr zum Friseur, dann fährt sie direkt zum Friedhof."

„Sollte sie bei Ihnen anrufen, sagen Sie bitte, daß ich sie ganz dringend vor 11 Uhr sprechen möchte. Danke, Dorothea."

Mertens wußte, daß Ilona ihr Handy nie eingeschaltet bei sich hatte – sie wollte außer Haus nur selbst anrufen können, nicht angerufen werden. Trotzdem versuchte er es und landete prompt in der Mailbox, die Ilona erst abends abhören würde. Also war es sinnlos, eine Nachricht zu hinterlassen.

Als Ilona auf dem Friedhof eintraf, war Mertens in der Aufbahrungshalle von Kondolierenden umringt. Ilona wollte sich nicht dazudrängen, sondern wartete abseits, bis er sie wahrnahm und ihr grüßendes Kopfnicken aus der Ferne erwiderte. Selbst wenn sie zu ihm hin gegangen wäre, hätte ihr Mertens in dieser Situation nicht das erzählen können, worauf es ankam.

Ilona stellte sich seitlich an die Wand und sah sich um. Sie kannte zwar nur wenige der Begräbnisteilnehmer – sei es persönlich, sei es aus den Medien. Aber alles hier deutete zweifelsfrei darauf hin, daß man einer Dame der höchsten Gesellschaft die letzte Ehre erwies.

Nach Abschluß der Zeremonien in der Halle wartete man eine Weile im Freien, bis der Sarg herausgetragen wurde und sich der Trauerzug zum Grab – nach den Anweisungen eines Zeremonienmeisters – formieren konnte.

Da Ilona einigen Trauergästen durch ihre Romane, Kurzgeschichten und Songs bekannt war, wurde sie jetzt mehrfach angesprochen. Und zum Beispiel auf John und Agnes aufmerksam gemacht, die der Verstorbenen bis zuletzt als treueste Seelen gedient hätten. Worauf Ilona mit ihnen je ein Gespräch begann.

Das Gespräch mit John verlief folgendermaßen:

„Sie waren Butler und Chauffeur?“

„Ja, gnädige Frau. Ich bin es immer noch.“

Ilona lächelte:

„Gewiß. Aber bei einer anderen Herrschaft.“

Worauf Ilona von John zu hören bekam:

„Für mich ist der Herr Kriminalmajor die gleiche Herrschaft wie seine erlauchtige Adoptivmutter.“

„O ja, natürlich“, sagte Ilona automatisch, aber im übrigen verschlug es ihr für eine Weile die Rede.

Als Ilona sich dann halbwegs gefangen hatte, sprach sie mit Agnes:

„Werden auch Sie bei dem Herrn Kriminalmajor bleiben?“

„O ja, in wundärbarä Wohnung von Schwarzänbärg Palais.“

Ilona wiederholte:

„Schwarzenberg Palais?“

Erschrocken sagte Agnes:

„Joi, Mama, dos wor Fehlär! Ischtänäm – Sie müssen sein Frau Bärgmann, Braut von Härrn Kriminalmajor!“

„Wieso glauben Sie das?“

„Weil Sie nichts wissän von diesä Wohnung, ischtänäm!“

„Das darf doch nicht wahr sein!“, rief Ilona aus und wollte fortfahren: Sie sind in mein Unwissen eingeweiht und erkennen mich sogar daran, während mir jede auch nur andeutungsweise Information vorenthalten blieb?

Aber Ilona besann sich – sie hätte derlei zwar ohne weiteres mit ihrer guten alten Dorothea diskutiert, aber doch nicht mit dieser ihr völlig unbekannten Wirtschafterin, mochte ihr die auch noch so sympathisch sein, wie Ilona sich eingestand.

„Bittä, Frau Bärgmann, der Härr Major wolltä Ihnän ja alläs sagän, ischtänäm, abär …“

„Das wird er mir selbst erklären müssen“, ließ Ilona Agnes nicht ausreden, wandte sich ab und wollte den Friedhof sofort verlassen.

Daran wurde sie aber erst noch von Personen gehindert, denen daran lag, kundzutun, daß sie sowohl in Ilonas Verlobung mit Mertens eingeweiht waren als auch in dessen Adoption durch die Gräfin Mayersberg.

Blitzartig fielen Ilona zwei Dinge ein, die sie nun in ganz anderem Licht sah als bisher. Erstens Mertens' Angebot, wegen Tante Charlottes Tod die Hochzeit zu verschieben. Zweitens, daß Mertens ihr davon abgeraten und sie dann direkt gebeten hatte, nicht zu diesem Begräbnis zu kommen. All das deutete sie jetzt keineswegs mehr als liebevolle Rücksichtnahme, sondern als Zeichen dafür, daß Mertens sie hier – und bei allem, was sich sonst noch in seinem Leben verändert hatte – einfach nicht dabei haben wollte.

Daß sie sich abermals verraten fühlte, schmerzte unsagbar heftig. Noch dazu von dem Mann, der sie über drei Jahre lang beharrlich umworben hatte und wußte, wie lange sie damals dazu brauchte, die vorausgegangene Enttäuschung zu überwinden und Mut zu fassen für eine neue Partnerschaft – die Partnerschaft mit ihm.

So war Ilona zutiefst verletzt, ließ sich von niemandem mehr ansprechen und fuhr nach Hause.

Dort angelangt empfand Ilona große Dankbarkeit dafür, durch den Vertrag mit dem XY-Verlag erstmals zu etwas gezwungen zu sein, was sie bis dahin nicht gekannt hatte, nämlich zu Auftragsarbeit, die möglichst bald fertiggestellt werden sollte. Das würde sie von nutzlosen Grübeleien abhalten und ihr speziell in der ersten Zeit der Trennung von Mertens helfen, sich nicht dem Gram über die Enttäuschung auch dieser Liebe hinzugeben.

Um 15 Uhr, nach Begräbnis und Trauerempfang – der im Kuppelsaal des Palais Schwarzenberg stattgefunden hatte – fuhr Mertens ins Büro. Schon unterwegs im D-Wagen versuchte er ein paar Mal vergeblich, Ilona ans Telefon zu bekommen.

Im Büro dann fragte er Dorothea schließlich, die jedes Mal abgehoben hatte:

„Haben Sie nicht ausgerichtet, daß ich in der Früh angerufen habe, um Ilona unbedingt vor dem Begräbnis zu sprechen?“

„Natürlich hab ich's ausgerichtet, Herr Major. Aber Ilona hat gesagt, Sie hätten ja nur deshalb plötzlich mit ihr reden wollen, weil auf dem Begräbnis sowieso alles auffliegen würde, was Sie ihr verschwiegen haben.“

„Aber nein! Ich bin mit der Adoption doch komplett überfahren worden! Genau an dem Tag, an dem Frau Suttenberg ermordet wurde! Dadurch ist einfach alles durcheinander geraten.“

„So ein Pech. Aber viel schlimmer ist, finde ich, daß Ilona Ihretwegen die Bergmann-Villa verkauft hat. Ich habe immer gefürchtet, daß sie das eines Tages bereuen wird. Jetzt ist es wohl so weit."

Dorothea legte auf, und Mertens mußte sich seiner Arbeit zuwenden. Vor ihm auf dem Schreibtisch lagen das Protokoll der ergänzenden Vernehmung Rudi Manharts und der Bericht von der Obduktion, die an Charly Hubers Leiche inzwischen durchgeführt worden war.

Daran interessierte Mertens im Augenblick nur das Datum des Mordes: 31. August 2002. Genau der Tag, seit dem Charly Huber von Max Wimmer vermißt wurde.

Den Obduktionsbericht hatte Ogris vor einer Stunde gebracht. Nun steckte der Oberkommissar den Kopf zur Tür herein:

„Host scho g'lesen?"

„Nicht ganz."

„I moch derweil Kaffee."

Als Mertens mit dem Lesen fertig war, fragte Ogris:

„Na, was sagst?"

„Ich will Rudi Manhart sofort vernehmen."

„Des hob i mir denkt. Er wird glei' da sein."

Mertens und Ogris tranken ihren Kaffee.

Es klopfte, und Kommissar Bauer führte Rudi Manhart herein. Mertens deutete auf die Stühle ihm gegenüber am Schreibtisch. Manhart und Bauer setzten sich. Ogris blieb neben Mertens stehen. Dieser begann:

„Herr Manhart, was Sie gestern früh vom Tod Charly Hubers erzählt haben, stimmt nicht."

„Wieso?"

„Laut gerichtsmedizinischer Untersuchung war der Schädel der Leiche vollkommen intakt."

Ungläubig fragte Manhart:

„Jetzt noch, nach über einem Jahr?“

Hierauf Mertens:

„Sind Sie nie in einem Karner gewesen? Oder in Hamlet?“

„Ach so. Na und?“

„Charly Huber wurde nicht erschlagen.“

Manhart sagte erst gar nichts, und dann:

„Tot ist tot.“

„Allerdings. Aber wir müssen klären, wie er getötet wurde.“

Jetzt begehrte Manhart auf:

„Sie haben doch mein Geständnis!“

„Aber ein falsches. Sie sagten, Sie hätten es mit einem Stein getan. Von hinten.“

„Was ändert das?“, fragte Manhart trotzig.

„Etwas ganz Fundamentales“, gab ihm Mertens Bescheid.

„Das kann ich überhaupt nicht sehen.“

„Ich werde es Ihnen zeigen. Zunächst einmal: es wurde festgestellt, daß eine Pistole auf Ihren Namen zugelassen ist.“

Geringschätzig erklärte Manhart:

„Das hätten Sie auch von mir hören können.“

„Wo verwahren Sie diese Waffe?“, fragte Mertens.

„In meiner Nachttischlade.“

„Wir werden die Pistole holen lassen. Dann können wir untersuchen, ob sie zur Tötung Charly Hubers verwendet wurde. Denn das Projektil ist im Rückgrat der Leiche stecken geblieben.“

Sofort sagte Manhart:

„Sie können sich das Holenlassen sparen. Ich geb’ es gleich zu: ich habe Charly Huber nicht mit dem Stein, sondern mit der Pistole umgebracht. Wo liegt der fundamentale Unterschied?"

„Darin, daß Sie nicht der Täter sein können – so wie Sie die Szene geschildert haben. Denn Charly Huber wurde nicht von hinten erschlagen, sondern von vorne erschossen."

Rudi Manhart senkte den Kopf und schwieg. Nach einer Weile sagte Mertens:

„Es ist also Ihre Tochter Alice gewesen, die Charly Huber getötet hat."

Langsam richtete sich Rudi Manhart wieder auf.

„Sie müssen das verstehen, Herr Major. Alice fürchtete sich so vor dem Mann, daß sie meine Pistole aus dem Nachttisch in die Grotte mitgenommen hatte. Ich wußte nichts davon."

„Aber Sie wollten die Schuld auf sich nehmen."

„Natürlich! Ich hatte Alice doch in diese schreckliche Situation gebracht. Ich meine, weil ich den Grund dafür geliefert hatte, daß Charly Huber mich erpressen konnte. Nur deshalb ist Alice überhaupt bereit gewesen, mitzuspielen."

„Was wäre ohne den Schuß geschehen?"

„Dann hätten Ihre Gerichtsmediziner einen zertrümmerten Schädel feststellen können. Ich hatte ja den Stein schon in der Hand. Er ist noch in der Grotte, ich kann ihn Ihnen zeigen. Alice ist mir mit dem Schuß zuvorgekommen."

„Wußte Alice, daß Sie Huber töten wollten?"

„Natürlich nicht. Ich hatte ihr nur versprochen, daß ich sie von dem Mann rechtzeitig befreien würde. Nachher sagte Alice: *Nun hab' ich dich von ihm befreit.* Das hat sie wirklich getan. Deshalb mußte ich sie davor bewahren, als

Mörderin angeklagt zu werden. Und darum mußte ich Charlotte Suttenberg töten. Verstehen Sie das jetzt?"

Empört antwortete Mertens:

„Davon kann überhaupt keine Rede sein! Ihrer Tochter wäre bestimmt nicht viel passiert, denn sie hat ganz offensichtlich in Notwehr gehandelt."

„Wenn ihr Richter ein Macho ist, anerkennt er das vielleicht nicht!"

„Aber der Oberste Gerichtshof tut es bestimmt. Was jedoch Ihren Mord an Charlotte Suttenberg betrifft, so ist es erbärmlich, sich auf den Schutz Ihrer Tochter auszureden."

„Sie haben offenbar keine Ahnung davon, wie das ist, wenn ein Vater um seine Tochter bangt!"

Mertens' Empörung wuchs:

„Ihnen ging es doch gar nicht um Vertuschung der Art und Weise, wie Charly Huber ums Leben gekommen ist."

„Sie machen sich lächerlich, Herr Major!"

„Keineswegs. Denn jetzt liegt Ihr wahres Motiv klar auf der Hand."

„Und das wäre?"

Mertens sagte nun ganz ruhig:

„Sie wollten in erster Linie die Entdeckung verhindern, womit Sie von Charly Huber erpreßt worden sind."

„Natürlich! Das wissen Sie doch schon längst! Und zwar, weil ich es war, der es Ihnen anvertraut hat! Damit ich meinen Job rette und meine Familie behalte! Deswegen wollte ich den Erpresser beseitigen! Jeder hätte mir das nachgefühlt!"

„Mag sein, daß dieser doppelte Druck bei Beurteilung des Mordes an Charly Huber, wenn Sie ihn begangen hätten, mildernd gewesen wäre. Das ist es aber nicht, wovon ich rede.“

Rudi Manhart sah Mertens beunruhigt an und fragte:

„Sondern? Was meinen Sie?“

Mertens antwortete mit Nachdruck:

„Ich meine, daß Charlotte Suttenberg sterben mußte, ehe sie die Erpressung und deren Grund aufdeckte.“

„Aber nein, Herr Major! Mir lag nur daran, daß Frau Suttenberg nicht die Vergrabung in der Grotte bemerkte und daß dann herauskam, wie es jetzt ja leider doch geschehen ist, daß Alice Charly Huber getötet hat!“

„Vielleicht gelingt es Ihnen, den Richter davon zu überzeugen. Ich nehme Ihnen das nicht ab“, sagte Mertens bestimmt.

„Wieso?“

„Ich glaube, wie ich schon sagte, daß es Ihnen bei der Ermordung von Frau Suttenberg nur darum ging, die Aufdeckung der Erpressung zu verhindern.“

Rudi Manhart gab sich wieder von oben herab:

„Es kann mir zwar egal sein. Aber warum in aller Welt glauben Sie das?“

„Weil Sie die Erpressung verheimlicht haben und weiterhin verheimlichen wollten“, lautete Mertens Antwort.

Nun wirkte Rudi Manhart weit weniger selbstbewußt. Er zögerte ein wenig, dann fragte er:

„Und welchen Grund habe ich Ihrer Meinung dafür?“

„Sie möchten das, womit Charly Huber Sie in der Hand gehabt hatte, unter allen Umständen fortsetzen: ihr heimliches Verhältnis mit Edith Wimmer. Und das kann kein Richter als Milderungsgrund ansehen!“

21.

Abends fuhr Mertens in die Prandaugasse. Ilona war nicht bereit, mit ihm zu sprechen. Außer, daß sie ihm mitteilte, sich von ihm zu trennen. Und:

„Der Rücktransport deiner Sachen in die Liechtensteinstraße ist bereits veranlaßt."

„Ilona! Jeder Schwerverbrecher bekommt die Möglichkeit, sich zu rechtfertigen!"

„In einem Gerichtsverfahren. Dies ist ja keines. Ich klage dich nicht an. Ich will dich bloß nie mehr wiedersehen."

Damit verließ Ilona das Zimmer.

Mertens kam nicht in Versuchung, ihr zu folgen. Denn im Moment war Ilona offensichtlich völlig unzugänglich für welches Argument auch immer.

Es blieb Mertens nur die Hoffnung, daß sich das nach einiger Zeit ändern würde.

Vielleicht erst nach längerer Zeit.

Wenn nur überhaupt!

Am Rennweg 2 empfing ihn Agnes ganz zerknirscht.

„Ich habä Frau Bärgmann vom Friedhof värtriebän!"

„Nein, Agnes. Ich habe das heraufbeschworen. Mit meinem langen verklemmten Schweigen."

„Aber, warum, gnädiger Herr?", fragte John eindringlich.

Und Mertens bekannte:

„Weil ich mich für all das geniert habe, was mir plötzlich durch Tante Sofie in den Schoß gefallen ist. Vollkommen unverdient."

Agnes protestierte:

„Unvärdient? Abär nur, wänn man Sprichwort ärnst nimmt: *Där Dummä hat's Glück.* Das sind Sie nicht, Härr Major!"

Mertens ging sofort darauf ein:

„Ich habe ja auch kein Glück! Ilona Bergmann will mich nie mehr wiedersehen!"

Schüchtern fragte John:

„Glauben Sie wirklich, gnädiger Herr, daß Frau Bergmann es lange aushält ohne Sie?

„Ja, das glaube ich. Leider. Ihre Schriftstellerei hilft ihr dabei. Die macht sie stark und unabhängig."

Wieder meldete sich Agnes zu Wort:

„Für Frau Bärgmann, ischtänäm, ist das dann abär noch ein großäs Glück!"

Worauf John einwarf:

„Wie sagt Friedrich Torbergs *Tante Jolesch*? Ach ja – *Gott soll einen hüten vor allem, was noch a Glück ist!*"

Mertens schüttelte den Kopf:

„Daß so verkürzende Bonmots so erfolgreich sein können!"

„Weil in Kürzä liegt Würzä!", wußte Agnes.

John aber interessierte:

„Welche Verkürzung meinen Sie, gnädiger Herr?"

Mertens erklärte:

„Wenn die Schriftstellerei für Frau Bergmann *noch a Glück ist, wovor Gott hüten soll*, dann heißt dies doch genaugenommen, Frau Bergmann wäre ohne Schriftstellerei besser dran."

Worauf John erstaunt feststellte:

„Sie sind sehr zynisch, gnädiger Herr."

Prompt verkündete Agnes:

„Mann meiniges hot immär gäsogt: bessär zynisch als ganz ohnä Fehlär."

„Danke, Agnes", quittierte Mertens. „Jetzt bitte meinen Irish Whiskey. Und ein paar von den Happen, die gestern übrig geblieben sind."

Während Mertens darauf wartete, sagte er sich, daß seine Situation in Hinblick auf Ilona jetzt schlechter war als während der dreieinhalb Jahre, in denen er sich noch vergeblich um sie bemüht hatte. Denn damals konnte er nicht wissen, was ihm entgangen wäre, wenn es nicht gelang, Ilona zu erobern. Jetzt hingegen wußte er das ganz genau und mußte damit fertig werden, Ilona verloren zu haben. Sie, die so viel für ihn aufgegeben hatte.

So sagte er zu John, als der den Whiskey brachte und Agnes die gewünschten Happen vor ihn hinstellte:

„Erinnere mich morgen früh daran, bevor ich ins Büro gehe, daß ich Dr. Gradmeister anrufe. Der soll die Bergmann-Villa in der Andergasse kaufen. Vom neuen Eigentümer, um jeden Preis!"

Agnes fragte besorgt:

„Und wänn Frau Bärgmann dort nicht mähr hin will?"

„Dann macht das nichts. Nur: *wenn* sie hin will, dann soll sie es *können*."

Mertens trank einen Schluck. John fragte:

„Und Sie, gnädiger Herr?"

„Mir bleibt nichts übrig, als auf ein Wunder zu hoffen."

„Mann meinigäs hot immär gäsogt ..."

Jetzt fiel John Agnes ins Wort:

„Mann deiniges muß doch nicht dauernd erwähnt werden!“

Weshalb Agnes nun erklärte:

„Also bittä, ischtänäm, das ist nämlich so: Mann meinigäs hot in Wahrheit fast nie ätwas gäsogt. Ich legä ihm das meistä in dän Mund, weil klingt bässär, ischtänäm.“

„Und was“, fragte Mertens, „wollten Sie ihm jetzt in den Mund legen?“

„Hoffän auf Wundär ist gut, sälbär schaffän ist bessär!“

„Da haben Sie recht, Agnes.“

Mertens nahm einen großen Schluck. Dann atmete er tief durch, sah von Agnes zu John und wieder zu Agnes. Schließlich sagte er voll Zuversicht:

„Ich will es versuchen. So sehr ich kann! Istenem – gleich morgen!“

Personen

Klaus Mertens, 45, Kriminalmajor
Ilona Bergmann, Schriftstellerin, 35, Mertens' Verlobte
Sofie (Gräfin) Mayersberg, 79, Mertens' Tante 2. Grades
Charlotte Suttenberg, 71, Ilonas Wahltante
Friedrich Kersten, 58, Kunsthändler, Neffe Charlottes
Max Wimmer, 58, Zeitungsherausgeber, Freund Friedrichs
Edith Wimmer, 35, Max Wimmers Frau
Rudi Manhart, 48, Sport-Chefredakteur, Charlottes Mieter
Agnes, 55, Sofies Haushälterin
John, 60, Sofies Butler
Elisabeth Manhart, 42, Rudi Manharts Frau
Alice Manhart, 17, Tochter von Rudi und Elisabeth
Karina Kersten, 22, mag. iur., Friedrichs Tochter
Oberkommissar Bertram Ogris, 60
Kommissar Wolfgang Bauer, 39
Kommissar Herbert Rosenmayer, 37

Randfiguren

Dr. Georg Gradmeister, 35, Rechtsanwalt
Dorothea, 64, Ilonas Wirtschafterin
Josefa Schneider, 66, Charlottes Bedienerin, Perchtoldsdorf
Emilio Santini, 40, Charlottes Nachbar, Perchtoldsdorf
Roland (genannt Rolli), 13, Sohn von Rudi und Elisabeth
Fritz Weber, 52, Charlottes Hausmeister, Opernring
Karla Valentin, 45, Charlottes Nachbarin Opernring
Helene Wächter, 50, Freundin Friedrich Kerstens
Walter Wächter, 55, Freund von Sofies Butler John
Dr. Peter Weissmann, 48, Zeuge
Dr. Balthasar Zwiesler, 48, Zeuge

Nur erwähnt:
Harro Langstein, Mehrheitseigentümer des XY-Verlags
Oskar Suttenberg, Schwieger-Großvater Charlottes
Alfons Suttenberg, Charlottes verstorbener Ehemann
Charly Huber, 44 verschwundener Chauffeur Max Wimmers
Hedwig Mertens, Mutter von Klaus Mertens
Eduard Mertens, Vater von Klaus Mertens
Irmgard Manhart, 11, Tochter von Rudi und Elisabeth

Andere Kriminalromane von Inge Gampl
(http://members.chello.at/inge.gampl)

BLINDE JAGD: Der Leiter des Symposiums „Der künstlich erzeugte Mensch“ stirbt an vergiftetem Orangensaft. Es folgt ein weiterer Giftmord. Jedes Mal gibt es mehrere Motivträger. Dazu gehört auch die Schriftstellerin Ilona Bergmann, in die sich Kriminalmajor Klaus Mertens Hals über Kopf verliebt.
hpt-Verlag, Wien 1993, 219 Seiten, ISBN 3-7004-0668-1

KÖCHIN GESUCHT: So lauten ein Stellenangebot und dann ein Steckbrief. In Verdacht gerät unter anderen der unglücklich verliebte Innenarchitekt Alex Peters. Es geht um Ölbilder, den Tod einer Malerin und den Mord an einem Rechtsanwalt. Kriminalmajor Klaus Mertens komponiert Texte Ilona Bergmanns, die, ihrem Verflossenen nachtrauernd, reserviert bleibt.
ibera verlag, Wien 1999, 159 Seiten, ISBN 3-900436-88-6

VORSTELLUNGEN: Der Schauspieler Klaus Arnheim gerät durch intrigante Zeitungsberichte in Mordverdacht. Er taucht bei einer Tournee-Truppe unter, bis ihm, mit Unterstützung von Kriminalmajor Klaus Mertens, die Entlarvung des Täters gelingt. Ilona Bergmann ist Mertens kaum näher gekommen.
ibera verlag, Wien 2000, 181 Seiten, ISBN 3-900436-94-0

TÄUSCHUNGEN: Friedrich Kersten findet in seiner Wohnung einen Erschossenen. Bald wird seine Tochter des Mordes verdächtigt. Kriminalmajor Klaus Mertens löst den in Drogenmafia und Minderwertigkeitskomplexe verwickelten Fall. Jetzt endlich erobert Mertens Ilona Bergmann.
ibera verlag, Wien 2000, 163 Seiten, ISBN 3-85052-023-4

GUTE PLÄNE, SCHLECHTE PLÄNE: Kriminalmajor Klaus Mertens und Ilona Bergmann nehmen am Kostümfest von Ferdinand Rossmann teil. Man entdeckt den Hausherrn tot im

Swimmingpool. Es gibt eine Menge Verdächtiger. Mertens findet die Binsenweisheit bestätigt, daß Pläne und deren Ausführung zweierlei sind.
ibera verlag, Wien 2001, 165 Seiten, ISBN 3-85052-108-7

HIMBEERGEIST: Methylalkohol anstatt Himbeergeist bewirkte Erblindungen. Zwecks Sühne wird anscheinend Selbstmord begangen. Diesen, ferner einen Tod durch vergifteten Himbeergeist und eine Erschießung klärt Kriminalmajor Klaus Mertens auf, der bezüglich seiner Ilona von Eifersucht geplagt wird.
ibera verlag, Wien 2002, 169 Seiten, ISBN 3-85052-133-8

KREUZFAHRT: Der Versicherungsdetektiv Stefan Gürtler wird in Wien auf dem Cobenzl erschossen. Um den Mordfall aufzuklären, muß Kriminalmajor Klaus Mertens an derselben Kreuzfahrt teilnehmen, die Charlotte Suttenberg unternimmt, die ihm deshalb wertvolle Hilfe leisten kann.
ibera verlag, Wien 2004, ISBN 3-85052-163-X

TOD IM JURIDICUM: Der Senior einer Rechtsanwälte-Ges.m.b.H., Dr. Eberhard Frohwein, äußert den Verdacht, daß jemand in der Kanzlei Spionage betreibt. Bald danach stirbt Frohwein bei einem Empfang im Juridicum.
Frohweins Juniorpartner Dr. Gradmeister unterstützt den kurz vor seiner Hochzeit stehenden Mertens bei Überführung der schuldigen Person.
ibera 2004, 173 Seiten, Euro 18.-, ISBN 3-85052-183-4

L I E B E ? (15 Songs, Neufassung)/ CD.
Texte, Melodien, Gesamt-Arrangements, Voice: Inge Gampl.
Big Band Arrangements: Helmut Plattner.
Instrumentalisten:
Members Barrelhouse Jazzband und Storyville Jazzband.
Wien 2002, ISBN 3-85052-142-7